新诗选

2024

春卷

陈 亮◎主编

《诗探索》编委会◎编

中国言实出版社

图书在版编目（CIP）数据

新诗选.2024年:春卷、夏卷、秋卷、冬卷 /《诗探索》编委会编;陈亮主编. -- 北京:中国言实出版社, 2025.3.--ISBN 978-7-5171-5076-3

Ⅰ.227

中国国家版本馆 CIP 数据核字第 2025GE2773 号

新诗选.2024.春卷

责任编辑：王蕙子

责任校对：代青霞

出版发行：中国言实出版社

地　　址：北京市朝阳区北苑路 180 号加利大厦 5 号楼 105 室

邮　　编：100101

编辑部：北京市海淀区花园北路 35 号院 9 号楼 302 室

邮　　编：100083

电　　话：010-64924853（总编室）　　010-64924716（发行部）

网　　址：www.zgyscbs.cn　　电子邮箱：zgyscbs@263.net

经　　销：新华书店

印　　刷：北京铭传印刷有限公司

版　　次：2025 年 3 月第 1 版　　2025 年 3 月第 1 次印刷

规　　格：787 毫米 ×1092 毫米　1/16　59.25 印张

字　　数：680 千字

定　　价：240.00 元（全四册）

书　　号：ISBN 978-7-5171-5076-3

本书为首都师范大学中国诗歌研究中心规划项目成果

编　　选：《诗探索》编辑委员会

顾　　问：谢　冕

名誉主编：林　莽

主　　编：陈　亮

编　　委：谢　冕　　林　莽　　李掁平　　李　怡
　　　　　刘福春　　冯国荣　　陈　亮

学术支持：中国当代文学研究会
　　　　　四川大学中国诗歌研究院

目 录

（以作者姓名首字拼音为序）

新诗选

2024

春

新诗选

2024

新诗选

2024

新诗选

2024

春

新诗选

2024

春

新诗选

2024

春

新诗选

2024

春

新诗选

2024

春

简　历

◎阿　蘅

这样的简历多好呀

人们站在一幅简笔画前惊叹：那么简洁的

轮廓、线条

不用自己挖空心思填补、编写

有那么多众人

耗时费力填补那么庞大的空白

那么多喜欢你的人

像浸入式观影黑白老片《细雨梦回》

回忆起你：

"那么独来独往的一个人

她生前是我的同事，邻居，微友……"

生活在一座蚁巢一样的小城

我们竟然未说过话

（原载《星星·诗歌原创》2023 年第 12 期）

假　装

◎阿　门

"给我的耳鸣一副担架吧
这些年它跟着我屡屡受伤"

上了年纪，耳鸣找上门
像遗传找到后代。戴上助听器

这世界太吵了。从麻将
到麻雀，从铁轨到铁链

我是有耐性的。我答应自己
把耳鸣养成音乐？

"这世界那么多人"
我置身其中，假装在谛听

假装找到静止的开关
丧失了与人言说的欲望

（原载"天天诗历"微信公众号 2024-01-21）

秋　天

◎阿　信

秋天是一匹母马，我牵着它。

它的眼神清朗、温暖。

它的脚步，不疾不徐。

它的肚腹浑圆、微微下垂，那里

正孕育着一个新生命。

我们从冰草偃伏的湿地起步，沿着缓坡

慢慢向阳光照亮的山脊行进。

秋霜满坡，草木凋零，只有一束束

蓝色的玉簪龙胆噙露绽放。

我摘了一朵

佩在它温热的额际上。

母马侧过头，用它的面颊，轻轻

蹭了蹭我的。

（原载"一见之地"微信公众号 2023-12-07）

野 丫 头

◎艾　布

记不清在哪里，什么时间，

也许是在戈壁滩上，

我见到过那个野丫头

我想寻找她的倩影

她却一直在寻觅我的踪迹

我在农民巴扎那里买沙枣

看见一个农民带着那个

野丫头来吃烤肉

野丫头后来就不再野了

但是她的血脉里依然流动着野性

野丫头你会是那片沙漠吗？

在暴虐的沙漠中执着地等候

只为朝我莞尔一笑

野丫头你或隐或现

也许你就是塔克拉玛干的精灵

你时常拨动

我受伤断裂的心弦

野丫头你是我心中最美的伤痛

我不愿治愈这块伤疤

就让它融入到我的每一根血管

如果有一天偶然遇见我

你要用一双黑黑的大眼盯着我

说：这不就是那个黑小伙儿吗

（原载《民族文学》2024 年第 1 期　玉苏甫·艾沙译）

番茅村

◎艾　子

黄昏把红土地、茅草屋染成

大型水彩画

吊床　石磨　燥热的风

生活的底色

光亮之中带着厚重的质感

这里绿树成荫

菠萝蜜树自豪地挺着她的乳房

这来自大地的果实

丰盈　芳香　羞涩

甜蜜着哺育前的饱胀

树下的两个黎家少女

把她们对爱情的憧憬

对生活的感恩

细致地纺进纱线

黑狗斜卧主人跟前玩耍

火鸡三三两两

在纺纱机"吱呀吱呀"的旋律中

悠闲踱步

茅草屋橙色灯光中

少女的父母

一顿飘香的饭菜正等着她们

温馨　质朴　祥和

幸福呼之欲出……

浓绿得像水彩粉画的树和树

手挽着手

围成一个自然的院落

围成一个不让喧嚣透进来的番茅村

（原载《海南日报》2023-07-09）

这般活着

◎安　然

我每天编书、写诗，按时站地铁

吃有毒的蔬菜，在一个人的小房间反省

在城里，我是这般活着

我这般爱着，叙述软弱和卑微

在透骨的风中描述一个人的走向

从怀里拿出刀子的那一刻

我反手给自己一巴掌

在城里，我这样强迫着自己

我想过来世，另一个星球

活着的人该以怎么样的方式生活

在每一个冬日的早晨，我用棉絮盖住身体

盖住体内的积雪和人间的喑哑

（原载《四川文学》2024 年第 1 期）

局　限

◎半　九

每一张合影中，我几乎

都是最矮的那个

在露天电影院，我又总是

最高的那个——

父亲让我骑在他高大的脖子上

他站在哪里，哪里就是

一座瞭望塔

远处的山丘，即使身处夜色

也逃不过我的眼睛

一切能用目光探测的地方
瞬间都成为这高大的附属品

建立在高度上的视野，会让人
轻易迷恋横无际涯的壮阔

站在海拔 5235 米的
念青唐古拉山口，我又像是
骑在了父亲的脖子上
可我看到的，目光都不可探测

小时候，我相信父亲
可以把我举得更高。而今
在急促的呼吸中，我终于明白
总有再也高不了的时候
总有抵达高大局限的那一刻

（原载《三峡文学》2024 年第 1 期）

谁发现了铁

◎薄　暮

那块陨石
从天外来，刹那间照亮青铜时代

大地上跳跃，乱石上奔跑

发出从未有过的鸣响

是谁最先听见，伸开扭曲的手指

谁发现石中有铁

怎样将它呼唤出来，用什么

将它千锤百炼，锻打筋骨和寒光

然后，削铁

如泥

谁发现脚下有铁，从此不必仰望

星光。黑、灰、红、黄、绿的石头

敲出繁星、火焰、紫烟

开凿铁河，滚滚流过，浇铸岁月

谁发现我身体里的铁

熔化、提纯、精炼、轧制、淬火

从滚烫到安静，从粗粝到温和

从脆硬到坚韧，从热烈到沉默

谁发现了生命中的铁

不再是物质

信仰铁，磷火有金属之声

即使生锈，也让人一眼认出

被折弯，呈现生命般的韧性

被一再投入炉火，因为

是铁

（原载《人民文学》2024 年第 1 期）

高炉炼铁

◎薄　暮

黑灰、青灰、暗红、土黄
都不是本色，只是时间
赋予矿石的记忆

远渡重洋，跋山涉水
被破碎、被碾磨、被烧结
亿万年睁开睡眼
向天空奔跑的轰鸣

和黑色焦炭、白色石灰石一起
从炉顶涌入
与上冲喷射的热空气迎头相撞
爆裂、翻滚、升腾、坠落
烈焰中
从深处啄破，把自己啄破
血一样滴下来
滴下来——

真正的浴火重生

焦炭燃烧，生成一氧化碳

将铁矿石中的氧，夺出来

还原铁

石灰石将所有固体废物

变成炉渣

浮于铁水之上，去伪存真

赤金之河流淌着

四周呼啸、奔腾的，只是空气

铁，安静地走自己的路

温顺而坚定

（原载《人民文学》2024 年第 1 期）

良 辰

◎北 苇

河床又抬高一寸。黄河水

带来细小的米色弹球

——苜蓿草的种子。芦花鸡在岸上

簇拥在一起。河水欢畅

温暖的人们去了集市

一封信离开邮局

车铃惊动了松鼠，它手中的榛果

落在微痒的草丛

阳光穿透玫瑰色的窗纸

邻居们拿来鸡蛋

——轻轻放在蓝花格桌布上

母亲轻拍你的手臂，她诵唱着

天鹅绒一样柔软的声线

（原载《星星·诗歌原创》2023 年第 12 期）

旧 消 息

◎北　野

散场的人，要经过一片玉米地

月亮出现在一张旧报纸上，它晕黄

像心思诡谲的人在潜伏

空荡荡的大地上有三两声狗吠

积满泥水的土坑

淹没了星空。说书人模仿的蛙鸣

震耳欲聋。一辆夜行的马车

铃声是潮湿的，只有旷野

在转动它的车轮，而石头在阻止

更多的人在围观

围观的人，让一匹白马的轮廓

在空气中显露出来，而他们自己

却藏起身形。我知道西梁那个果园

正利用夜色，快速结下更多果实

它们隐身在树叶和露水之中

守园人和他的亡妻，没有房屋

他们靠着树干

虚构了爱情的甜蜜和孤独

那个时候，他们多艰难，几乎

身无分文，一座果园，和一杆锄头

在银河两岸，留下了劳动的身影

夜幕下，这个空寂的世界真大

像撤去灯光的幕布

我走在路上，身后总是跟着

一串沁凉的脚步声

（原载"早上好读首诗"微信公众号 2023-12-18）

雪豹1号

◎笨　水

要跟上雪豹，必须像一只雪豹

走它的路，这很难

它的领地广大，像国家，而我

步履匆匆，困在跑步机上

雪豹，有群山的雪花资源，并不大兴土木

居住在岩洞里，俭朴得就像我的父亲

从不炫耀它的家族徽章

习惯了，走陡峭的路，进入深渊，又返回天空

习惯去山顶上散步，脊背融在山脊中

不易察觉的起伏，仿佛山脉的心脏，在跳动

群山走动，跟随雪豹的人，陷在雪里

而它微笑着，已来到雪山之巅

像落日上的一点斑痕

（原载《西部》2023 年第 6 期）

遥望博格达峰

◎笨　水

遥望博格达峰，跟眺望天边的故乡

是同一种心情

感觉是哪一年，大雪日，它

从天山上走下来，把我留在山下，然后回去

回到它的巍峨、陡峭

雪峰上，有多少雪花，养了多少豹子

坐着的，站立的，白雪里打滚的，望着天空，出神

如君临的，眼睛里始终倒映璀璨的星云

我滞留在人间，那么多人，中间只走着一只豹子

学习人的语言，人的捕食方式

知道什么时候低调，什么时候节食

什么时候彬彬有礼，走路，什么时候脚步轻柔

在燥热的世界，养一片雪花

气候变暖，才抵消身体散出来的寒意

用了遍地的野花，才掩藏起身上的花朵

（原载《西部》2023 年第 6 期）

长江口遇李白

◎冰 水

他的小舟，已过万重山

他的白绸圆领长袍，在水中

开出花瓣。他情绪中的两岸猿声与千里江陵

他梦里作别的兄弟，从蜀道

陆续归来

我坐在群山中间

每一个山口都被波浪包围

每一个山口都簇生着草木和华冠

这是八月之末，被命运推送而来的人

听笛声穿过夔门、巫峡，抵达秭归

当我醒来，暮色已与历史分离
浅蓝色的苍穹悬于长江口
那只李白的小舟
早已不知去向

（原载《北方文学》2023 年第 12 期）

面对一匹站立的马

◎白庆国

它以为我也有鞭子
它看我的目光总是屈服
没有奔驰时的晶亮
凝视它久了
它就会主动轻摇一下头颅
好像头颅上有一只苍蝇
其实头颅上什么也没有
只有我的目光

后来我的目光也微弱下来
我不知对一匹马说什么
说了也许它也听不明白

此时我应该流泪

我确实没有忍住
忽然想到了父亲
我转身跑掉
不让马看到我眼里的泪水

（原载《绿洲》2023 年第 6 期）

听一头会唱歌的毛驴在哼唱

◎巴音博罗

如果它在草坡上忘情地翻滚
那就是它抓痒的方式
如果它露出被草汁染绿的门牙
边跑边回头看我
那是它告诉我它对这世界所有情感的方式

但现在它站在一块突起的石头上
对着蓝天下的旷野啊呜哦、啊呜哦地
叫个不停，它粗犷又嘹亮的歌喉
仿佛一整担清亮亮的泉水倒进粗瓷水缸的畅快
我猜，这是它对周边的所有生灵——那些
低头啃草的羔羊、兔子、几只大白鹅

和一头闷声不吭的老黑牛的爱情宣言！

几只山雀子扑棱棱飞走了，它们受不了它
铜锣般轰鸣的噪音，它们是童贞的少女
而大地另一端的一头母驴，此刻正陶醉在这
男高音般高亢的旋律里不能自拔……

我有些气短，又有些惆怅，我望见村里
那个穿花衫的影子一直没有出现。因此我也
受了那叫驴的感染，伸长脖子呜啊呜啊叫个不停
直到太阳西斜，我回村的脚步
扑踏扑踏，像极了那头会唱歌的毛驴

（原载《当代人》2023 年第 12 期）

父亲和羊

◎曹　兵

父亲老了

我再没有外出

接过父亲养的羊，十只，也许二十只，并不重要

割草，喂羊，和小时候一样

每卖完一次羊

我都把卖羊得来的钱

递给父亲

有那么一刻，父亲眼里

有微弱喜悦

一切都没有改变，他的羊和以前一样

虽然，一年到头

换过油盐酱醋，父亲依然两手空空

可那一刻的喜悦，多么重要

像活着的全部意义

羊群不多一只，也不少一只

像我一年没有什么收获

而我记住了每一只羔羊离开的

绝望，和咩咩声

为了活着，这无尽头的

贩卖还将继续下去

我和父亲从没有说起这些

父亲活在自己的王国里

他没有想过，我们也是

被贩卖者，只是和那一点点喜悦一样

不那么明显

（原载"诗探索"微信公众号 2023-11-25）

沉默的若干方式

◎ 曹　兵

这些年，我越来越懒于说话

除了风刮过山岗，鸟儿在窗外叽喳

是沉默之外的声音

更多时候，我行走在植物中间

草和庄稼，蔬菜和瓜果

它们是沉默的另一部分

我随身带着手机，这个控制了我大部分的

坏玩意。也沾染了我的

坏毛病，很少响起

以至于我常常忘记了来电铃声是哪种音乐

除了亲人生病，故友离去

除了熟人结婚娶妻生子等等

那些惯常的问候，都已经取消

就连在俗世中借钱还债的事，都已经和我无关

我太穷了，没有人会想起一片落在冬天的

叶子，沉默在沉默中叠加

我在手机上打字，也看汉字从手机中跳出

这些是沉默之外的大部分

我关掉微信的提示音，仿佛关掉了

世界上最后一扇窗户

我们回家吧！那座旧瓦房里

老旧的钟表早已停止摇摆

时间和沉默一样，了无意义

（原载"诗探索"微信公众号 2023-11-25）

卖刀人

◎曹　天

京城的秋已深了

走在街道上

时有国槐的黄叶落在我身上

在街头一棵大树下我看到一个蹲在地上

满脸尘土的卖刀人

我停下脚步让给他一根烟聊了起来

又拿起他面前的刀

抽出鞘　寒光逼人

果然是把好刀

便掏出十两纹银买了下来

卖刀人取下草帽弯腰致谢

我发现他眉头刻有官府的黥面

仔细一看他是青面兽杨志

回到家用蜡布将刀包紧和盘缠一起挎在身上

唤管家牵出我的枣红马

趁月色尚好

我先星夜兼程到燕国

子夜时分见到了太子丹

他衣衫单薄，目光坚毅

此时易水的寒气重了

需六十八度的衡水老白干

才能压得住

丹压低声音说先生须快马加鞭

去千里之外的秦国

将刀送给

一个叫荆轲的人

（原载"羽帆诗社"微信公众号 2023-12-09）

我把每首诗都当成遗嘱

◎曹　天

少年没什么值得留恋

寒冷和饥饿让我至今畏惧冬天

青春也没有什么留恋

呐喊哭泣都关死在铁牢里面

泅过苦海好不容易浮出水面

疾病和灾难又轮番向我挥动铁拳

人间的亲人也没有什么留恋

爱恨情仇都已被风吹散

回到故乡是一个大雪纷飞的夜晚

狼狈与空空的行囊不愿让父老看见

如今仅剩下诗歌与我相伴

静夜时我就把它读给苍天

我把每首诗都当成遗嘱来念

腮边的清泪只许月亮星星看见

又是一年寒冬将至

朔风狠毒地拍打着柴门铁环

雪花盛开在漆黑的夜晚

我和雪人儿手提一个红红的灯盏

身后跟着一条忠诚的老狗

暴雪中踉踉跄跄艰难地寻找

那走失了许久许久的春天

（原载"羽帆诗社"微信公众号 2023-12-21）

年岁及其他

◎曹有云

大年初一

太阳依旧从东边升起

按时照进了阳台上雀巢般搭建的书架

一切如昨如初

是的——

所有的年岁千篇一律

所有的脸谱千人一面

所有的行走循环往复

我们厌倦至极，身心俱疲

我们喜新厌旧，革故鼎新

凡所过往，皆为序章

所谓新年，皆是心愿

所谓时光不过我们在虚无中强力划下的刻痕

所谓诗歌亦复如是

不过更为弯曲，更为漫长也更为纤弱

我们明知故犯，故伎重演，自欺又欺人

明知山有虎，偏向虎山行

知其不可而勉力为之

知其凶险还铤而走险

梦着一个永不可兑现的煌煌白日梦

（原载《江南诗》2023 年第 6 期）

天 亮 了

◎朝　颜

哥哥，鸡啼已经三遍

草叶上的露珠还在做梦

吹过田埂和胳膊的风多么凉爽

你的白色短褂在风里乱飞
露出单薄的肚皮

借着星辰还未消隐的光亮
从禾蔸处画一条线
我们就有了楚河汉界
有了各自的阵地
我们兵马瘦弱，粮草未知
兵器只有铲刨一把

而敌阵如此浩阔，仿佛
永无消灭的可能
我们将身子矮下去，陷进泥水
陷进黎明前的庞大黑暗
陷进沉默

我们都忍着不说
母亲的病痛和低低的叹息
我们要在这块地里，种上青青的庄稼
种上母亲的微笑
我们要从生活的苦中，一起
掘出未来的甜

哥哥，等等我
我的身后追来一大团的黑影
我的力气就要用光

哥哥，挖好这块地，天就亮了

（原载《曲靖日报》2023-11-28）

童 年

◎朝 颜

春天，流水都醒了，青蛙也是
布谷声声催促时令
妈妈撒下的谷种
已掩不住碧绿的心思

草坡上的乳牛一声声喊着姆妈
犁铧加身的母牛一遍遍温柔回应
半岗子湾，我们的水田宽阔锃亮
妈妈，我跟在你身后
就有春风荡漾，就像走进一座
穷尽一生也上不完的学堂

那年我六岁，站进水田
高不如一个稻草人，力气不如
一头哞哞欢叫的乳牛
但是妈妈，我不用弯腰
就能给每一株秧苗找到生长的方向

新诗选

2024

春

赶圩的人们穿梭往来，对那个矮矮的身子

不吝送上惊叹和赞美

是的，我没有幼儿园

没有漂亮的玩具

也捉不住水中的蓝天和白云

但是妈妈，我插进地里的六行秧苗

那么直，那么正

多么像我的童年，多么像

那个回不去的春天

（原载《曲靖日报》2023-11-28）

新年礼物

◎辰　水

在过去的新年，从来没有收到一件礼物

那是大雪纷飞的夜晚

跨年夜安静得像一只过冬的兔子，没有气息

我少年的心对于新的一年，没有渴望

亦没有惊喜

阴霾的日子，太漫长了

整个冬天里都是白菜加萝卜的日子

想起在大雪里刨食的父亲，他的新年

太朴素了

一支卷烟就成了新年里最惬意的事情

我的新年礼物还在炕上

暖暖的，生长着带翅膀的梦想

所谓的礼物就是母亲往烧得通红的炉膛里

再添上一把柴

（原载"望他山"微信公众号 2024-01-01）

细　雨

◎陈　亮

雨脚默默地踩着摩天的楼头来了

雨脚踩着低矮的平房来了

雨脚踩着疲惫的柏油马路

踩着火柴盒一样的汽车来了

雨脚踩着巨树，踩着灌木来了

踩着老虎、狮子、大象来了

——它来到我的门前先是犹豫了一会儿

就踩着墙头来到旅馆的院子里

它踩着那些胖的罐子瘦的罐子

生锈的铁器或明亮的铁器

来敲我的窗子，啪啪——啪啪——

它踩着睡眠来到我的梦中

让我醒来并离开自己

看到了一个陌生的蜷缩着的老男人

最后，它来到枕边一幅发黄的

黑白照片里：那时的房子多破呀

街道多泥泞呀

那时的人们多年轻呀

他们在细雨中呼喊，声音多大呀——

（原载《西湖》2023 年第 12 期）

土豆之诗

◎陈　墨

隔空遥望你微信晒出了乡下

土豆种就从地窖灰暗中苏醒

苏醒农事，如同满满阳光

它把一个称为父亲的男劳力

和自动翻土机紧连在一起

他们在黑土地表面投影

相近相亲，黑白分明的

谁也分不清为谁卖命

当他们，抓紧对方把手

被放大的光影自然生长

春风吹醒，泥土解冻

田垄分行如诗，土豆埋下了

自己小小身段，晦暗活着

正午咖啡吧就这样

坐在现代的水泥丛林

其时饕餮，这里的土豆和牛排

经过牙齿白色的粉碎机

抵达肠胃的九曲河流

这消化之夜，合葬它们：

土豆之诗能敛结出更多土豆

（原载"中国诗歌网"微信公众号 2023-12-23）

峡官公路

◎陈年喜

1988 年，上边有消息说

将从峡河向官坡修一条跨省公路

村里人欢呼雀跃

仿佛昨天与明天提前打通

1998 年春天风和景明

峡官公路正式开工

作为年轻的建设者

第一次领教了炸药的威力

懂得了石头的残酷

一条少有车马的公路

几年之后成为一群青年出省的捷径

我们由此过卢氏　至灵宝

用纯粹的青春换取

秦岭八百米深处的纯金

今天　我用摩托车载着爱人

再次来到草木肥长的岭界

邻省的洛河就在对面闪烁

山体里寻食的人大多散落天涯

公路寂寞　断作三节的腰带

挂满了一年一年的落日

（原载《诗刊》2023 年第 21 期）

已是秋天

◎陈三九

已经是秋天了父亲，但我看不见

金黄的稻子在稻田里摇晃

我们走在那些荒芜的地，那么陌生

我们没有见到粮食在这里生长

你应该知道这个秋天也有荒凉之心

它能有什么办法让土地长出粮食

每年这个时候秋风都会经过这里

你应该知道秋风也有失望之时

日子一天天过去，我们回不到过去

你回不到你的青春与壮年

你也找不到曾在稻田收割稻子的人

就剩下这些了父亲

剩下这片我们借来养活自己的土地

它在杂草下面回忆什么

它在杂草下面要说什么

就剩下这些了我的父亲

饥饿时粮食不曾让我们仰望星空

饥饿时我们只怀念大地

（原载《长江文艺》2024 年第 1 期）

青春之歌

——给小丁

◎楚　尘

那一天很累

我瘫坐在地上

等去卫岗的 5 路公共汽车

第一辆经过的时候

我没有动

第二辆经过的时候

我想动却没有动起来

第三辆被行人挡住

只看到车头和车尾

中间的部分还是我想出来的

第四辆我记得

我仍然没有动

我用目光送走了一个年轻人

第五辆我咽下了

汽油和灰尘的味道

第六辆第七辆

后来就记不清了

我不知道自己为什么就慢慢地忘了数车

我不知道自己后来坐在那里干了些什么

我不知道自己最终登上的是第几辆车

我只记得那天很累很累

累得

连登上那最后的一辆也几乎没有了力气

好多年好多年

至少有十年了吧

我已经没有坐公共汽车的经历

可是现在

我经常站在街头

看那一辆辆公共汽车从身边呼啸而过

我觉得它们是那么熟悉

好像我就是它们刚刚丢下的乘客

（原载"英特迈往"微信公众号 2023-11-12）

信　物

◎川　美

不是情书，因为不是语言

不是玫瑰，因为不是枯萎

不是钻戒，因为不以克拉计

我爱你，除了我和爱，无以为证

我爱你，除了你和我爱你

良夜，每一滴水和沙粒
都染上明亮的寂静
因为合拢的翅膀，因为我爱你

（原载《鸭绿江》2023 年第 11 期）

静物的声音

◎崔　岩

是你听不见的那一种。
不是指物理学上
以耳膜为终点的传递式振动。
不是无论多么细小
客观上都在颤抖的那一种。

我在说专属于静物的那一种。
是静物在成为静物的刹那发出的
最后的声音。一堆娴静美观的碎瓷片
落地时的尖叫。一张床
在进入深睡前的辗转和翻覆。

桌上的一支笔

一支与纸张有过频繁摩擦的笔

因不完美的书写

被愤愤投掷于桌面时的刹那声响。

一首躺在纸上的诗

在被分行为安静句子之前

有过的汹涌。

窗外远山，在成为山的时候

因战栗、崩裂以及拱起

挤压与碰撞，爆发过的轰鸣

（原载"一见之地"微信公众号 2023-12-11）

我迎接内心里的那一束光

◎苍城子

携带着往事，和记忆一起散步

沿着街道一侧的法桐树，我找到

过去的足迹，我们的梦留在这里

摒弃偏见和世俗，我渴望在梦中生活

经过伤口，一场雪落在我的鬓角

我何曾不想挽留住你，而时间追上我

逼迫着我，使我陷入两难境地

在合唱的队列里，我总是跑掉的那一个

由激情推演至真情，需要多长距离
生死之间，是否存在着另一个我
清理着脑容器，我把多余的词删去
到最后，怀抱落花和残卷，度过此生

对我来说，此生最难以释怀的事物
除了诗歌，就是你，你站在雨里
仍在央求我，泪水和雨水交织
现在我的每个关节都在发炎，疼痛难忍

日子被禁锢，我渴望另外的呼吸
那挂在故乡的落日，就是我的遗像
时钟以倒计时的方式自我呈现
我们在大火中重逢，在灯下辨认彼此的面孔

风暴还在路上，我必须赶回家中
迷雾和异景，加深着我们的疑惑
一个冥想的世界，风是主宰
我迎着风流泪，接纳内心里的那一束光

（原载《山东文学》2023 年第 11 期）

春

过了好多年

◎大　解

时间有明显的界限

从一秒到下一秒，中间需要转动

如果遇到悬崖，时间并不停顿

而是钻过去

火车也是如此。

女儿跳着喊：火车，火车。

她用手一指，火车就钻进了山洞。

下一刻，火车长出了尾巴。

下一刻，尾巴消失了。

小丫头的手停在了空中。

过了好久，

她的喊声从空气中回来，

被时间磨损，变成了含糊的余音。

又过了好多年，我用余生，

回忆和消化那些遥远的时辰。

（原载"秋城文艺"微信公众号 2024-01-12）

去天上捡石头

◎大　解

天上飘浮着很多石头，没人去捡，
幸运的话，还可以捡到萤火虫。

我已经准备好布袋，
但云梯被人撤走了，是消防队干的。
有人瞎操心。

实际上越是高处，越不会掉下来。
月亮掉了吗？星星掉了吗？
流星是找死，自己走下天空。

发光的石头，好看的花纹，
烫手的扔掉，冰凉的攥在手心。

越想越馋啊，此生一定要
去天上捡一次石头。

女儿说，我也去。
我摸着她的后脑勺，赞美了她。
那些年我们明察暗访，偷偷地，

寻找去往天空的捷径。

（原载"秋城文艺"微信公众号 2024-01-12）

自 画 像

◎大连点点

自卑的，胆怯的，软弱的，渺小的，孤独的

随便一个这样的形容词

都可以指向我

善良的，朴素的，安分的，简单的，无用的

随便一个这样的指认

都可以指向我

矮小的，粗糙的，呆滞的，三流的

随便一个对美貌的评价

都可以指向我

我出现在你们的世界里

自然的，安静的，笨拙的，沉默的，妥协的

随便哪一个赞美

都可以指向我

一生啊

无非在非中找出是

在不懂中找出懂

一生啊，无非是从沙子里淘金

春

用竹篮子打水

（原载《诗潮》2024 年第 1 期）

吹灯的人

◎丁　可

早年家里的油灯

多由娘掌控

点上，吹灭，吹灭，点上

吹灯的一口气

娘常年攒着

喝过了汤

一手端着，一手捂着灯苗

娘把灯转移到床头的木柜上

土墙上映着娘的影子

黑暗，眼巴巴围在四周

等着分食那黄豆粒大小的亮

当娘吹出最后一口气

岁月随后把娘吹灭

多年后，我和老妻

在娘住过的屋里过夜

当妻按熄床头的电灯时

围上来的还是娘在时的黑暗

（原载《扬子江诗刊》2023 年第 6 期）

春 日 谣

◎丁东亚

你好：春天

鸟群归林时刻，山野

静默。人间在春风里明媚丰饶

我把鸟声捧在手心，仿佛有故乡

金色的麦浪在翻滚汹涌，像无数次

我看到一个春天的死

那个傍晚，祖母坐在水塘边，大风

吹着杨树林。

想到平原上那些没有墓碑的坟，她让我

把她的儿子们喊到身前——

"……我没力气为谁苦愁了，也不怨恨谁

等我日后在土里只剩一堆骨头，也没人

记得我是谁……"

如今她与草木为邻，霜雪自来

而人间春色再与她无关

你好啊，春天……
我向着群山呼喊，像祖母一样，青山不应
溪水过处，唯一一个春天的生，盛大
无穷。

（原载《诗潮》2023 年第 11 期）

新诗选

2024

这样的夜

◎董　贺

已是三月了，风还是有些硬
它轻敲着玻璃，像要同我说话
而我，刚从阿赫玛托娃的世界
走出来，夜晚让我变得更加沉默
此时，越来越多的事物
像嘎嘎叫的鸭子，被赶下
黑色的河流当中
稀疏的灯光，和偶尔驶过的汽车
让人很容易想起往事
那个在河边，照蛤蟆的孩子
是否会想到背井离乡
以至于一个人，用无数次的复述

春

消解着乡愁，只是这样的夜

真的不适合书写，写着写着

就如墨一般，越来越粘稠

写着写着，外面的天

就黑下来了

（原载《诗选刊》2024 年第 1 期）

在生活内外

◎杜思高

我想过多少次

把白河倒立过来

让流水冲刷记忆

让泛黄的黑白照片

草木返青

月季花开

被污浊的白重新回到白

多年来我用竹篮打水

用诗词酿酒

把风干的文字

仿照艾草悬挂门楣

看鸟鸣撞钟

尝试与职业结伴

与林木为友

聆听花开的声音

汇成泉水流过门前

我储存阳光

在大雪封门的时候取暖

多么幸福

我学会在草木中栖身

在一日三餐中自得其乐

（原载"汉风南阳诗人"微信公众号 2024-01-07）

缺陷与观念史

◎范丹花

毛姆天生口吃。他笔下的人物

——菲利普天生跛脚。她多么理解

这种凌驾于命运之上的真实的影射

三岁时，由于母亲的疏忽与草率处理

她的食指在菜刀下留下了一道瘀痕

后来写字时，她总是把大拇指

覆盖在食指上。尽量不让其他人看见

她时刻规避这种暴露与不完美的呈现

直到结婚前一年，未婚夫发现了它

他想拿起来仔细看，她下意识移开了

那天半夜，他忽然拿着她的右手端详了很久

她没有抽开，假装不知道继续睡

第二天他说，想看是因为真的想娶你

她震惊地反驳道：只是指甲有点歪了

那是唯一一次聊到这根手指

她仿佛又看到了青年时期的菲利普

不得不从人世浮华中跑过

一瘸一拐地暴露在众人的唏嘘与漠然中

脸一次次憋得通红

（原载《百花洲》2023 年第 6 期）

在圣地亚哥。1974

◎非　亚

我站在街头，等波拉尼奥过来

十分钟之后

他手里拿着一根烟，从人行道那边突然出现

见到我的一瞬，他就打招呼

"嗨，马里奥，我们有多久没见面了？"

"有三个月吧。"我笑着回答他

之后是街头，两个老朋友的一次拥抱

我们后来，一起去了附近的一个酒吧

谈了诗、小说，智利的诗歌，朋友们

和准备编印的一份刊物

交谈的中间，我们会抬起头

看看外面人来人往的街头，傍晚

我们一起，去了另一个地方吃饭，那个餐厅

在一幢高楼的上面，"我准备回墨西哥，

之后将去巴塞罗那。"

那顿晚餐，因为想到不确定的未来

气氛有些沉重和飘忽。我们后来

喝了些酒

说了一大通话，中间我转头看向玻璃时

遥远的安第斯山脉的积雪

正银光闪闪

我转过头，波拉尼奥落在酒杯上的眼睛

有一点迷茫和忧伤。

（事情后来，过去了很多年

我在房间，读着波拉尼奥送给我的一本小说

不确定我是否，把握住了他结尾

那句"屎风暴"的真正意义。）

（原载《百花洲》2023 年第 6 期）

迟 暮

◎费 城

多好啊，风吹动一树苹果

把光晕与香气，嵌入鲜红的肉身

多好啊，一个个熟透的青春

跃跃欲试，渴望蹦落爱情的枝头

多好啊，微风吹拂着我们

河流般欢畅的青春。那个浅尝

辄止的盛夏，慌乱与喜悦

像彼此交汇的河流，拼尽全力

努力冲破堤岸禁锢的河床

多好啊，风吹皱眼角的笑纹

就这样将彼此的青春年华穷困

待到行将就木，依然记得

你散开的发辫散发出草木气息

多好啊，指环上篆刻风的遗迹

那个少年，一抬头便望见了

旧年树影下，苹果般羞红的脸庞

只一个趔趄，我便坠入了暮年

（原载《民族文学》2023 年第 12 期）

橘红色叉车

◎冯焱鑫

女人瘦弱的身影远去了，

她开过的那台橘红色叉车，

还突，突，突地在耳边回响。

一整天，叉车来来回回，

不断地驶过厂区大门，

巨大的车轮，碾过春天的脚印。

更多的时候，它体内的轰鸣，

与风吹柳枝，哔哔作响，

加深了一个人内心的孤独。

渐渐地，他喜欢上了叉车，

每一次，由远而近，

无可躲藏，那个内心的秘密。

在这个春意盎然的下午，

总有一些人情绪波动，一些人

被深深爱着，却不知情。

那个站在大地上远眺的人，

目光忧郁，他如果能把对她的爱，

用这种爆破音表达出来，该多好。

（原载《诗刊》2023 年第 21 期）

去年的雪

◎扶　桑

有些雪

一落下来就化了

一落到地上就变成

狼藉的雨水。仿佛那些水

是雪落的泪……

每一场雪都像父亲的葬礼。自从

我们在一个落雪的日子安葬了他

每一场雪都落向父亲的坟茔

父亲像一片雪花落入大地

再也找不到他的踪迹

我也很久不去看

镜框里他那张微笑的脸

今年是雪的荒年

此刻，雪花在空中乱飞，像一群黑压压

失巢的鸟群

热腾腾的雪花扑上我的脸

雪花别上我的衣襟——

我走在每天去上班的那条路上

我是天地间的一个孤儿

（原载《长江文艺》2023 年第 12 期）

三 星 堆

◎刚杰·索木东

河流日益温顺，积沙逐渐丰沃

铲齿的象，六齿的象，漫步亚洲大地的象

成群列队走进一轮赤色晚霞

北冥之鱼，南海之鲲

北方之龙，西域之鹏

巨大的生灵们滑翔在天空下

勾勒出一个辽远的世界

陶罐碎于井口，青铜深埋地底

狩猎者，耕作者，缫丝者

占卜者，祭祀者，铭文者

和手握权杖者一起走出群山时

平原上的风就舒缓了下来

之后百年，千年，万年，亿年

稼穑丰满，城池牢固，文字圆润

牲畜和家禽豢养在安静的檐下

那些纵目的人，隆鼻的人，阔唇的人

戴着青铜和黄金面具长眠于地下的人

就在一棵棵倒伏的神树底下

棱角渐平，面容模糊

愚钝的人类，彻底缚住了
天马行空的手脚，通达天地的灵性

（原载《四川文学》2023 年第 11 期）

雨 水 谣

◎高　亮

暮色四合。雨水又下了起来

万物隐入黑夜，只听得到

滴答滴答的雨落声—

事实上，这样的雨已连绵好几日

而昨晚的月亮，宛若一只受惊的小鹿

它孤独地游走在乌云密布的林子

不安地躲藏在黑漆漆的草丛

匍匐着赶路。我相信它看不见我

另一个遥远星球上一粒从不发光的尘埃

更看不到我在一座名叫古宋的小镇

因这淅淅沥沥的雨，忽而有些

心灰意冷的表情：望着对面天台上的雨水

仿佛望着清冷冷的疾苦

在立冬以后，愈积愈深……

（原载"相约石海"微信公众号 2023-12-29）

路 痴

◎高英英

我的老家很大，骑自行车跑啊跑
也看不到它的边界

我的老家那么富有，田里反复长出
香甜的果实，一百年也不会出错

可是我的老家在哪，我说不出来
我是一个路痴
在城市里迷了路

真的太难了。一条路在地上扎下根
就会分蘖出无数方向

一个人卸下无数个分身
还是找不到自己

（原载《绿洲》2023 年第 6 期）

父亲的照片

◎耿　立

父亲留下了一张照片

这是到山西、安徽、河南

乞讨，摇着货郎鼓，拉着地排车

和一头毛驴走在雪里的父亲。

在我的童年

这是推着架子车，夏天凉粉

冬天丸子，以小吃为乡间营生的父亲

在我的少年

无衣无褐，何以卒岁的父亲，《诗经》说

两鬓苍苍十指黑的父亲，白居易说

锄禾日当午的父亲，李绅说

总得叫大车装个够，它横竖不说一句话的父亲，

臧克家说

白发被两鬓，肌肤不复实的父亲，陶渊明说

岁月碾他成齑粉的父亲，

再也不会甦生的父亲

让我灵魂想到就痛的父亲

父亲的照片，让我对历史的质感有了追溯期

那些苦难，那些拮据，看到了鬓角、麻布、驽马

挨刀的羊，下跪的牛

这些逆来顺受的生灵也在照片的追溯期

他们在和父亲交流轮回，说着家常

他们曾经是家人，兄弟、姊妹、叔侄、父子

我想起了陈子昂，念天地之悠悠，独怆然而涕下

（原载"一见之地"微信公众号 2024-01-09）

发 现

◎更　嘎

细雨

山谷中的溪水

与天上的仙鸟

一起歌唱，

天空没有云，

太阳下起了雨，

金色细雨中飞行的蜜蜂

落在小沙弥的披单上，

他与蜜蜂、细雨、

溪水、仙鸟一样，

没有被发现

（原载《诗刊》2024 年第 1 期）

一　瞬

◎龚学明

窗外阳光明亮
自然中有太多的光
爸爸，你正向我走来

哦，年轻的妈妈
你在拼命挥手，追着
尘土飞扬中的老汽车，和我

那个唱歌让我抽泣的歌手是诗人
饭米粒就这样噎住了我
我如此委屈——时间

爸爸在走来，我们都已看见
妈妈，爸爸回来了
我们的家贫穷而温暖

我找到毛巾擦去眼泪
可心痛的感觉仍在翻涌
思念何用，这空空的爱和房间

（原载《北京文学》2023 年第 12 期）

挖土豆谣

◎古　马

等新麦归仓后再去挖土豆吧
让南风尽情吹拂
让太阳把更多的热力和糖分
通过覆盖地垄的绿蔓输送给它们
让它们在暗中再长得壮实一些

等秋分后再去挖土豆吧
白露纷繁
提秧则散
滚落田野的土豆个个大过吃饭的碗

我们如此欢喜
有人在月亮姗姗来迟的傍晚
迫不及待用土块就地垒起了窑灶

我们把铁锹都放在了一旁
兴奋地搓着双手
让烧红窑垒的火光照着泥与汗的脸
土豆烤熟的香味开始四处乱窜

新诗选

2024

春

边地蓝莹莹的胡麻花

秋天鸟儿的眼睛

也和我们一起沉醉了啊

（原载《诗刊》2023 年第 21 期）

稀松园记事

◎管清志

五间老房子，隐藏于树影之中

门口的木槿花，根茎越来越粗壮了

攀附的枝条，替代了砖石的纹理

大雪之后，我们来到这里

在高大的塔松下，又一次生起篝火

面对渐渐升高的月亮

我们喝酒、唱歌、惊呼与长吁

有人从异乡来，腋下夹着风雪

有人意欲走向远方，相互炫耀着盔甲

有人开始流泪，展示身上的伤疤

让愈合的伤口流出新的血

后来，一些人打着哈欠陆续退场

浑圆的月亮下，一列慢火车低吼着经过

像一头跋扈的野兽，莽然撞开一扇黑色的门

它没有带来雪意和六点钟该有的气象

只带来了疲倦、恍惚与鸡鸣

（原载《青岛文学》2023 年第 11 期）

秋 日 颂

◎广　子

当秋天缩小到一个院子

满目芳华殆尽

我还拥有枯枝上浩荡的秋风

和飞霜背后茫茫的雾霭

有多少丰饶就有多少萧瑟

果实和落英各得其所

秋天啊，那真正惊动我的不是雷鸣

而是内心深处的寂静

（原载《西部》2023 年第 6 期）

那 只 包

◎韩　东

妈妈从外面回到家，

孩子们扑上去，

翻她的包。

现在，那只包就放在衣橱里，

我又开始翻找，

但没有找到值得一提的东西：

一包用过的餐巾纸、

几枚脏脏的硬币，

一瓶陈药也已经干缩……

妈妈早就不再回家了，

但留下了她的包。

我仿佛听见她在说：

"你们自己看吧，妈妈带了什么好东西。"

孩子们没有多看一眼，

而且狠心，

搬家的时候扔掉了那只包。

（原载《百花洲》2024 年第 1 期）

清　晨

◎韩润梅

在我收拾房间
或者翻动书页时常常听到
窗外传来的叫买叫卖声

有时也会有一两声鸟鸣、风声
和着我洗碗的流水声
卖东西的人把蔬菜、水果
和生活的信心
给了寻找生活的人

多好的早晨啊
有时我打开书页看到阳光
正一点一点透过纸张溢向生活
这时你会误以为生活在天堂
只有那声收旧货的叫卖声提醒你
这是人间

声音使寂寞的世界变得饱满
并向外扩展
鸟鸣声滴落在刚刚洗好的盘子里

春

风声带来了些东西

又带走点什么

（原载"中诗纪年"微信公众号 2023-11-15）

秦江渡轶事

◎韩少君

码头消失之后，下河

取水的人，会在那里

多坐一会，时常谈论

客轮和远去的汽笛时代。

旧式建筑，石头鱼，几处

铁疙瘩，削成梨状的云雾山

一起移进一本蓝色旅游手册。

"故人不可见，汉水日东流"

古老襄河，悠悠漫漫

交给落日照料。黄雀

划过小江湖，甩出

长长的虚线，千里之外

有人找到了它细小的源头

秦岭南坡，扒开几片

深秋的落叶，掬起

清冽溪水，他洗了一把脸。

（原载《草堂》2023 年第 12 期）

枯

◎寒　寒

枯，猖狂，困顿与微渺

赤子的颓败……

车往青藤书屋途中

惭愧，突袭脑海的，仅是零星

几个字和词句，正如大乘弄入口

高大梧桐疏枝斜出

而新叶尚无生发

人生最艰难的

是否此般不拘、失意、偏执

而无以倾注的境地？

苦到极处休言苦——

年轻时，先生，小院榴花满枝

修竹婆娑，天池清盈

这又是多么荒谬的美！

先生，五百年后的早春

你可能想不到，自在岩四周

女贞茂生，咖香袭人

只可惜芭蕉的长势还是太弱

春

"笔底明珠无处卖，闲抛闲掷野藤中。"

——你可听听，我们是否读出了

那个你当年期盼的语调？

（原载《文学港》2024 年第 1 期）

在天一阁

◎寒　寒

午后，这里有太葱茏的虚静

造访者众，枯坐太久的人

试着突围，构筑一种崭新的秩序

"你依然是个孩子"

——百年童书展按语奇崛

恍若先知的声音，又仿佛

庇护着什么

蝉鸣失重，击落枝头松果

静默中的古老典籍和碑文，苔藓般迷人

可我们一开口，言辞的火车

便呼啸而过

多少年已经过去

以歧路，以荆棘，以缺憾

世间并无确凿的避难所

是时候奔赴自己的旷野了

（原载《文学港》2024 年第 1 期）

拾荒的人

◎何　松

一阵小雨

把街边的这个垃圾桶都淋湿了

雨稍歇，傍晚 7 点

一个骑电动车的中年男子来到了桶边

他看四周无人

便打开桶盖翻捡起来

他找到了 3 个啤酒瓶和 5 个易拉罐

装进一只蛇皮口袋迅速地离开

过一会，一个骑三轮车的大爷

又来打开了桶盖

他捡了几块纸板，蹬着车离开

再后来，是一个佝偻着身子的老太

她的脸几乎就贴到了桶盖的边上

她捡了几块白菜帮装进随身的布袋

迈着缓慢的步子离开

肯定还会有人再来

这垃圾桶都要空了

在这个冬天的傍晚

大街上比这垃圾桶更空的

是那一双双打开桶盖的眼睛和失望的心

（原载《四川文学》2023 年第 11 期）

观　石

◎何向阳

那些石头

囚禁在玻璃柜里

玻璃柜幽闭于

空旷的房子里

房子被关进栅栏

栅栏围困

岑寂的庭院

那些石头

一直等着前来

瞻仰的人

这次是我

推门而进

惊异于白色石上

镌刻的十字

誓言一般

又似随意

绣在上面

中间打了一个结

色深而坚决

冷艳　拒绝　又

仿佛履行某种

隐秘的

盟约

近处海浪翻卷

松涛阵阵

继而有大鸟飞过

花香袭人

这个春天

石头也开出花来

红　蓝　绿　白

使人眩晕的不是

色彩

而是声音

你的

从极静的深处

迢遥前来

春

游丝若显

却足以将这幽禁的玻璃

——击穿

（原载"中国诗歌网"微信公众号 2024-01-05）

谁

◎何向阳

风从大路上吹来

又从大路上吹过

迎面的风呵

谁是和你一起飞翔的

候鸟

谁的名字

滑过指尖

消逝在群山的缄默

谁是浮冰

谁是白茫茫的尘土

之上

站立的那个

时刻

寡语的人呵

你回转身的

样子

使岩石炽热

谁在荆棘丛里漫步

试图或

被迫

杜鹃花开

谁的血

在未知与永恒之间

谁使巨浪掀卷

钟声铿锵

谁的手

扶着火焰

哺育和修订

逃离与走近

严霜

按着谁击的节拍

舞蹈

风暴

谁

捧起神龛

从漫步到奔跑

风

掀起的衣袂

使白色的李树失掉了颜色

谁的名字

藏在指环背后

不可言说

（原载"小众雅集"微信公众号 2024-01-22）

旧　日

◎侯存丰

我盖上锅拍，来到灶后烧火，

心里念着蚊帐里的麻雀。

席子上有麦子，碗里有水，

飞累了，就会看见，

也不要害怕，只关你一夜，

明天就放你出去。

就着火光，我翻开英语课本。

昨天姐姐打来电话，说妈妈哥哥

在北方都好，我应着，

脑海里浮现出他们顶着太阳干活的场景。

他们都很想我，我嚼着馒头，

躺在柴火上，想着过些天就能寄来的宣纸。

麦浪蒸出的热气吹过院子，

贴附在小男孩均匀的呼吸上，

——他睡着了。

（原载《四川文学》2023 年第 12 期）

远　昔

◎侯存丰

进门的耶稣牧羊像遗去一角，

露出的墙皮弥补上画中缺失的水草

——这日间忙碌的女人现下做着晚祷，

她静静伫立，

修长的衣裙包裹着身上

宽松的纤维与线条。

洁白的电棒灯管发出的白光，

在堂屋上空漂浮了一会儿，

擦过女人的衣裙，逸落到院中，

停在躺椅上的男人脚边。

初夏的夜晚有如许凉意，

男人想起相偕归来前的村边小河

——那一片属于乡野的清澈与阒寂，

让眼前的女人生动起来。

（原载《四川文学》2023 年第 12 期）

昭　觉

◎胡　弦

你要像那个牧羊人那样，

喝醉了酒，

蹲下来，靠在电线杆上。

你要像那个孩子那样，

得到一把塑料枪，就很高兴。

你要像那个妇人那样，

背一篓玉米到镇上去。

你要像桌上的香炉那样，

许多愿望化成的灰烬堆在它心里，

余温也堆在它心里。

你要像一头牛那样，用尾巴

驱赶着苍蝇，

在正午的水田边。

你要像一根骨头那样

在锅里翻滚。

你要做过了地上的污水，

才能有一颗干净的心。

你要像那个小贩那样，

推销着小商品，

在讨价还价中忘掉了苦日子。

（原载"一见之地"微信公众号 2023-11-24）

六　月

◎胡　亮

苜蓿花特别擅长紫色，而微型蓝蜻蜓

则精通短暂。几米外的小河

反复练习着清澈，以便娴熟地

洗去我双颊的土尘。

紫色像微澜那样悦耳，而短暂像锦鸡

那样将最长的尾翎也缩回了灌木丛。

我特别擅长转动群山，而你则精通蔚蓝。

（原载《四川日报》2023-12-22）

故乡的河

◎胡了了

故乡的河是湘江的支流

没有名字的一条支流，可能有

但父亲没告诉我

父亲在横跨十米的石桥上

和我讲桥下流淌的这条河

拖拉机正从我们身后

突突突地冒着黑烟开过去

我感到桥身颤抖，担心会塌

他正在和我说童年的野泳

嬉戏的花样，遭遇水蛇的化险为夷

他边说边笑，我没有话可以接

这让他以为我心不在焉

渐渐也和我一起沉默着

看下面的河

那边有牛踏进去走，哗啦啦的声音

我们脚下是连绵不断的汩汩声

这容易忽视的声音，其实很大

在意它的时候

刚才拖拉机的突突突也没挡住

它流进我的耳朵

我把父亲在桥上说的经历

写进开学后的作文《童年趣事》

当作范文朗读，课间有同学

羡慕我故乡有这样的河，

我也因此无知地羡慕过

儿时在河边饥饿的父亲

（原载《北京文学》2024 年第 1 期）

偏　爱

◎胡茗茗

当我蹲坐下来，你尚未离开

想到这将是我们最后一次见面

却不悲伤。钢琴压迫小提琴一降再降

这不悲伤让我悲伤

我曾那么那么地爱你，在广场

霞光里的蓝 T 恤有被女人照料的味道

我一埋头，闻下去。广场在城市的中心

城市的名字是地球上最短的求救书

当一只绵羊偏爱一株罂粟

我为它眼神里的疯狂与贫穷

而号啕大哭

（原载《绿洲》2023 年第 6 期）

深　山

◎胡文彬

一写到深山，一般就会写

像蛇一样弯曲着

跑到山顶的小路

写岩石后面，草层里那些

隐姓埋名的药草

沾在花瓣上的露珠，藏在露珠里的庙宇

鸟鸣，溪流，月光

比月光还凉的雪

而很少有人会写

那年，姐姐的胆子真大啊

她用悬崖，量了一下爱情

（原载《诗庄稼》民刊 2024 年春卷）

鸟　窝

◎黄晓玉

千万年来一个形状

长刺的菜团

在空中，留下了

永远敞向太阳的大门

她选择地形蹊跷

在新架的高压线杆横担上

建造房子

依然按小时爷爷给父亲建筑的标准

泥巴加草混

与村东树杈上的一模一样

我新植的百果园中

也有一栋鸟窝

用木棍搭成架子

稻草苫好屋顶

棚内放上榆木疙瘩茶几

摆上电热壶，饮茶器

还有时令的点心

我围坐在一旁

成了一名体面的鸟

窝中，举杯挥盏，酒酣耳热

不断冒出叽喳的诗句

听着这些激动的鸟鸣

我也不由地扇动翅膀

却不知要飞向哪里的丛林

（原载《诗庄稼》民刊 2024 年春卷）

半 首 诗

◎黄晓玉

年轻时他常常以诗人自诩
常躲在深山里闭门造车
——一张纸片上
他只写了半首诗
便觉灵感耗尽
无力继续铺展了

他很苦恼，把纸笔扔进火里
知道自己的诗人之梦
已遥不可及

——可那半首诗一直在煎熬着他
熬成一头白发

现在，他每天在广场
继续构思那半首诗
抵抗着暴走团大叔大妈的号子

——慢慢地，他也开始
尾随在暴走团的后面

也起劲地喊起号子

号子的声音

成了他余下的那半首诗

（原载《诗庄稼》民刊 2024 年春卷）

读塞萨尔·巴列霍诗

◎吉　尔

这是塞萨尔·巴列霍的雨

时间舔着伤口，落在我身边时

没有国界

这是塞萨尔·巴列霍的雨

忧伤赞美着星期四

我们在星期四去听大提琴

去马场，看一匹黑色的幼马

为它佩戴装饰的马鞍

雨透过屋顶的缝隙

我们互相原谅，突兀和荒唐

在月亮下接吻，去最远的镇子

领养一群蜜蜂，运回蜂箱

和酿蜜人的手艺

穿过塞萨尔·巴列霍的雨

驯鹿场和养蜂人的花园

我们穿过词语的界碑，那里没有国界

（原载《西部》2024 年第 1 期）

彝历新年

◎吉布日洛

秋收之后

大地上劳作的彝人

迎来了他们的新年

往日山坡上割蕨草的妇人

此刻又从柴垛中取来木头

刚换了新牙的孩子围坐在火塘边

感受山脉的温度

等她把肥大的年猪赶出猪栏

男人用烧红的石块辟邪除灾

整个村寨烟雾笼罩

家家户户肉香四溢

尽管我们分别数日

心中有千言万语

但此刻我们仍需静坐

把话语权交给男主人

他正念经敬奉祖先

然后，我们把该讲的都讲了

便从一团火焰谈到一棵树

谈到树上的松果，树下的溪流

和树干上跑着的长尾巴棕鼠

如果这时迷途中的马匹回来

我们会谈到那些金黄的粮食

如果这时天空中有雪花飘落

我们会谈到一个丰收的来年

如果这时刚好有一个姑娘新婚

我们会谈到某句灵验的谚语

如果这时不幸有一个老人过世

我们会谈到众生的来龙去脉

我们起源于哪里呢

注视万物，万物皆是我们

我们将去向何处

天地辽阔，四海为家

（原载"Lost Stars"微信公众号 2024-01-07）

新诗选 2024

春

落日和星辰

◎剑 男

那年深秋的一个下午

挖完红薯我和母亲坐在山坡歇息

夕阳正悬在前方山坳上空

我们看松针青枫叶红

看长空中的鹰伸展着金色的翅膀

池水泛着冷艳的波光

我们看见背阴处的野豌豆苗

开出嫩红的花，看到落日消失后

柿子继续把时光延长

母亲说没想到落日这么好看

吃完晚饭后，母亲为

待嫁多年的姐姐赶制过冬的衣服

在我的印象中，母亲第一次

没有使用她自织的青布

而是选用从镇上买回的

蓝底碎花涤纶布，当母亲和姐姐

在夜色中摊开布匹，我仿佛看见满天繁星

又悄悄从天上潜回了人间

（原载《飞天》2024 年第 1 期）

在地上　在天上

◎蒋雪峰

在树上 在河边 在地上 在低处

白鹤形只影孤 我几乎没有见过

它们成群结队

在任何时候 我只能看见一只白鹤

在泥淖里独自站着

但却不是在等另一只

有一天我偶尔抬头

看见两只白鹤在天上结伴飞翔

高度一致 翅膀振动的频率一致

唳声一致

连消失的时间 也一致

我恍然大悟 只有在高处

它们才可能是朋友 伴侣 兄弟

像两只不分彼此的翅膀

而在地上 它们只能

每一天都擦肩而过 举目无亲

（原载《星星·诗歌原创》2024 年第 1 期）

栀 子

◎敬丹樱

众花之中，她选择了栀子

是院落里三五株栀子树

日久天长的暗示

令她对栀子气味产生偏爱

无论在阳光还是月色下，没有哪种白

比得上栀子的白

除了母亲，也没有哪种枯萎

比栀子的枯萎惹人心疼

小院早已换了主人

母亲不再挎着竹篮街头巷尾叫卖

她偶尔加入买花的队伍

带上两束

像她女儿那样

把栀子插在玻璃瓶里，整间屋子暗香浮动

她想起无数个清晨

她在花树下

等善解人意的风吹开一朵

又一朵……

（原载《飞天》2023 年第 11 期）

珍 重 曲

◎康 雪

你有没有见过一种幼鸟

它长在人的胸腔左侧，那么雀跃

又那么脆弱

你有没有爱过什么

爱得一塌糊涂

痛苦的日子就要过去了

真正的回忆只有一次，暖烘烘

又黑漆漆

你抬头看到的星星，只是时光久远的

灰尘

（原载《人民文学》2024 年第 1 期）

重 逢 曲

◎康 雪

阳光过于明亮，我的眼睛

并不能承载

那样波光粼粼的美丽

我们靠在栏杆边，看着远处

但远

仍然被什么模糊

只有风是清晰的，从湖泊

到地面的影子

不易察觉的涌动

我其实不能注视你的眼睛

我的心

比这片湖泊还要辽阔。我心里的东西

却因为没有岸而

终生漂泊

（原载《人民文学》2024 年第 1 期）

落　日

◎亢楚昌

秋天，我穿城而过

迎着落日，岁月的风缓缓流淌过我的一生

我们站在桥头，说起一些往事

说起过去的爱情，说起一位朋友的走失

暮色苍茫，永宁河缄默如故

那些不安是谁留下的？那些微笑是谁留下的？
从桥头信步桥尾，仿佛跨越了一段历史
有些记忆太古老而人正年轻
有些人灵魂早已死去而躯壳残存
九月授衣，一个时代有一个时代的寒冷

那么，请注视我荒芜的眼睛
让遥远的落日触及我灵魂的疲倦
当我孑然一身，没有人向我走来
义无反顾，勾勒出我生命中部分的柔软
像爱上一朵茉莉那样爱上一粒尘埃

只有那落日让我伫立良久，在桥的这头
我分明听见了一些忧伤的言语
是的，我深爱着你
但没有人是谁不可割舍的一生

（原载《延河》2023 年 11 月下半月刊）

在人群中看见自己

◎蓝　紫

从六楼阳台望向下面的街道

左边是酒店，大厅辉煌

我从未走进。右边是超市

我买过日常用品，用于收拾

日渐残破的身体。也买过大米与青菜

来填平体内的沟壑

在熙攘的人群中，我仿佛

看见自己，一粒尘埃

单薄，渺小，卑微

在一堆灰尘中挣扎、突围

天空那么蓝，他们在阳光下蠕动

云彩那么白，我看见自己

拎着大米、花生油与卷心菜

拖着夕阳余晖下长长的身影

在人群中与自己相依为命

（原载《星星·诗歌原创》2023 年第 11 期）

在别处生活

◎冷盈袖

有隐居之念

不是一日两日了

人群中不能久待

不妨试着

在植物中间生活

听一日的鸟声

见最少的人

清泉细长

酿整瓮的酒

透过枝叶看月亮

院子里的篱笆

不可编得过于齐整

叶子落下来

就让它们积着

这何尝不是一种美德

用草木煮一日的粥食

最好的人间

便是父母健在，粮食清白

像料理一棵青菜一样

料理自己

（原载"晴朗文艺书店"微信公众号 2024-01-27）

石 头 们

◎离 离

是喜是悲，都不重要了

石头们挨在一起，相互安慰

这一生大概只能这样了
若想去哪里
只能想想而已

火车每天都能经过这座城市
石头们不能
流水每天也能经过这个城市
石头们不能

我和石头们
只能经过我们的昨天、今天和明天

（原载《安徽文学》2023 年第 12 期）

隐　入

◎离　离

清明节
我回不去了，突然感到路途遥远
昨夜里打雷，又下雨
早上起来，院子里的水
已漫过我昨天走过的地方

有时候只能在窗前望望

不知道远途中有什么

自从坟里有了亲人

我的一生，就成了无所依靠的一生

（原载《安徽文学》2023 年第 12 期）

在 山 里

◎李　看

我想住在这里开山，种草，做梦

造田，植树，在这里

一个人有创造一个世界的超能力

每天清晨，阳光金子般年轻的光芒

照着一颗干净、苍老的灵魂

温暖如烂熟于心的旧忆

还要包括与你的狭路相逢，一见

倾心。在这里

时间被无限放大，又无限缩小

天亮时，我刚好把一生用完

（原载《诗刊》2023 年第 22 期）

天鹅之诗

◎李　庄

北方越冬的天鹅在清晨
用封住嘴巴的冰块说话——
沉默、清澈、晶莹在阳光下一滴一滴
直到中午这神赐的语言完全融化，汇入
天鹅身下大湖整体的波浪，起伏……
而天鹅的游弋在自身之外，
仿佛不动。
天鹅的起飞笨拙、迟缓，
有时会被一只猎犬迅疾一跃，扑住，
在土地上摔打自己过于骄傲的翅膀，
而天空兀自高远，蔚蓝。
这令我想起翠鸟，
子弹一样射入水中噙一条虫子大小的鱼
已回到小河边枯枝上享用，
然后用巧喙梳理一下自己精美的羽毛，
在南方温暖的午后小憩。
哦，天鹅是笨拙的，仿佛负载了
太多、太重的东西。当天鹅艰难地起飞，
我攥着的心一下子轻松了起来，
仿佛也与天鹅在凛冽的高空气流上列队

展开身心滑翔——

写一行天鹅之诗。

（原载《诗刊》2023 年第 21 期）

大 风 吹

◎李 壮

这是出奇闷热的一天

午后我站在路边

喝便利店的廉价冰咖啡

有很大的风从我身后吹来

我的衣服紧贴着我的后背拍打

我的头发压紧了我的后脑勺

所有被我用掉了的日子都从身后

用力地挤压着我，直到我变成页状

直到我变得空白并且可写。

一个人活在这世上单薄如纸

但他又如此沉重以至于

再多的过往也不能将他的此刻移动分毫。

太多的风像太多的事从身后涌向我

它们太喧哗了我什么都听不见

只有许多词和许多名字被吹掉了，许多

对白与画面在盲道上螺栓一样地滚

八月的树叶和公交车的车门都剧烈地

叫喊着什么，但我始终绷紧了沉默

有很大的风从我身后吹来

我这张薄薄的帆在阳光中无声地抖动

脚下是一片不复存在的大海

（原载《诗刊》2023 年第 23 期）

看不见的……

◎李　南

阿里高原的古格王国

什么时候变成了小土堆儿？

中世纪的哲学家坐在高轮马车里

怎样完成了逻辑自洽？

什么人能够丈量

生者与死者距离有多远？

一首诗转化为泪水或笑声

它触动了读者哪一段回忆？

谁在控制四季的节奏

惊蛰时蚯蚓翻地，冬至时日头最短？

还有那个五彩魔瓶

为什么能够在暗夜里熠熠闪光？

一定。一定有什么存在

托举起我们这个下沉的星球。

（原载《文学港》2024 年第 1 期）

爱别的事物

◎李　南

求求你，缪斯！

暗示我、授意我、启发我

让我记下白日梦，椰子树和三角梅

找回读图时代缺失的文字。

请停下"滴嗒"脚步——秒针！

这是全城静默时期

让书籍喂养我，让音乐浇灌我

请拉长记忆的刻度，以便我们重拾欢乐。

地平线之外的远方

帆船点点，山峦呈现出波浪弧度

请给我指明一条道路：

甜美、苦涩和消逝的光交织在一起。

若隐若现的神明，请求你！

再给我们一次机会

刀枪入库，马放南山，边境线消失

不会再有脓血和弹坑，眼泪与仇恨

地球！请你再一次更新

绿草走向山坡，泉水奏出神曲

这世界插满渴望的枝条

让我爱上自己，同时也爱上别的事物。

（原载《文学港》2024 年第 1 期）

忆 往 事

◎李　琦

一位林区的友人，多年前

送来两只鸟，说它们很珍贵

猎人偷捕而来

煲汤，极为鲜美

我尴尬，又特别难过

认识多年的人

其实，并不相互了解

那个冬天，天寒地冻

我和女儿在楼下小花园里

用力挖出一个小小的墓穴

毛巾包裹，把鸟儿安葬在

它们从没来过的城市

此后，经过那小花园的时候

母女常常，会心地对望一下

什么话也没说

我的心浮上一层内疚

女儿早已长大成人

可我总是忘不了，当年

一个六岁小姑娘惊慌的眼神

那个冬天，可能是成人世界

给她添上的，一道最初的划痕

（原载《诗刊》2024 年第 1 期）

暴风雪之夜

◎李少君

那一夜，暴风雪像狼一样在林子里逡巡

呼啸声到处肆虐

树木纷纷倒下，无声无息

像一部默片上演

我们铺开白餐巾，正襟危坐

在厨房里不慌不忙地吃晚餐

而神在空中窥视

只有孩子，跑到窗户边去谛听

（原载"文学天地杂志"微信公众号 2023-10-23）

岁 月

◎李小麦

走着走着，我会突然停下脚步

抬头看看天

可天上有什么呢？

而我，又在看什么呢？

走着走着，我会突然停下脚步

回头望望来路

可路上有什么呢？

而我，又在望什么呢？

我在仰望未来的那些茫然不可知

我在回望岁月里的那些去向不明

（原载《民族文学》2023 年第 11 期）

五 月

◎李小麦

雨停了，咖啡已经发凉

窗外，街道温润潮湿

像一些残留在耳边的呼吸和细语

想起那个黄昏

在广袤而丰茂的田野

我们采摘过的苦苣和灰灰菜

它们碧绿的样子

闪耀着玉石般的光辉

夕光铺满快要干涸的荷塘

田埂上觅食的白鹭扬起

颀长而优美的颈

我指着它们喊：白鹭，白鹭

它们展开丝绸般洁白轻盈的羽毛

飞向更远的旷野

我那时内心正被美好充盈

并由此相信了爱和永恒

（原载《民族文学》2023 年第 11 期）

遥远的街上

◎李也适

清晨，一条河穿城而过

一个人远道而来，在大街上拐了几个弯

骑上一辆吱吱作响的自行车

不甘地寻找着什么，他逆着人流

太阳在每个地方都洒下光辉

他集中注意力看过所有地方

今天的道路异常干净，甚至没有一片树叶

仿佛刚被某种力量打扫过

两个清闲的人坐在河边的石阶上

靠水波交谈，一种策士所用的方言

与世所隔的感觉，他停下来询问

但无论他说什么都说不出自己在寻找什么

他的确是遗落了什么东西

在这遥远且陌生的街上，遥远

不是一种距离，他们说无论你在寻找什么

那都不是我们想要的

（原载"英特迈往"微信公众号 2023-11-08）

居 所

◎李也适

每天回家，推开门就有饭菜香

那是邻居在做饭，屋子里

一天中最好的时光

总有一些东西进来，太阳的光影进来

楼道里的脚步声进来

屋后是一座山，山上有一条郊野径

郊游或竞走的人们，从别的地方

赶来，许多事物有了颜色

他们拍照时说"茄子"的声音进来

我们的房间被外面的世界填满了

不再只有眼前的家具和猫

有时候我们走到阳台上

拉开窗帘，看看外面雨的形状

隔壁的阳台上挂着晾了很久的衣服

邻居很久没有回来了，我们知道

隔壁的房间现在一片空荡

这片空荡与我们仅一墙之隔

我们走到那条人来人往的郊野径

从那里看看我们的居所，重新走进

这间屋子时，伴随着一条路进来

而窗外的枝条早已伸进心里

我们剥开一个橘子，或切开一个西瓜

电视里遥远地方的人们

也剥开一个橘子，或切开一个西瓜

（原载"英特迈往"微信公众号 2023-11-8）

在雁门关想起母亲

◎李引弟

在雁门关，从来没有看见一只大雁

只有大风吹着树上的银杏叶

轮回了雁门关上一遍遍的决战

我的母亲当年

也曾坐着驴车走到这里

她瘦弱的身躯

她枯黄的眼神，是另一片落叶——

现在，我也来到这里

母亲的脚印不在了，而路还在

风沙还在

我可以在她走过的路上再走一遍

——我就是她留在世上的

一双脚印，尚未被风吹走

实际上，我是另一座雁门关

有垛口，有敌楼，有碑刻

有被岁月磨损的青石板……

（原载《五台山》2023 年 11 期）

洛阳桥上

◎李郁葱

先于我已经有无数人走过，但此刻

就是我们：异地而来的朝圣者

在海风的吹拂里，凤凰木

悬挂在头顶的果实狭长，它如果

此时落下来，能够让我惊讶

像落日坠向怀抱。听到海鸟在潮汐之间的

鸣叫，欢快或者急遽，风吹来食物

和大海看起来并不厌倦的演奏

后于我也会有很多人来，但此刻

就是我们：在观光中发现的旅行者

红树林葳蕤，此时

绿色的葱茏席卷，搁浅的船

在黑暗中被抬上波浪

那些牡蛎在成长中所弥合的罅隙

足以省视渐渐扩大的夜色

随着潮水淹没了我们

我走在洛阳桥上，此刻

就是我，和二三同行者：天空压着我们

（原载《人民文学》2023 年第 12 期）

吹玉米的人

◎里　拉

吹玉米的人在冬天出现

他不知道，大雪也被他吹来。

吹玉米的人走过被冰封的小河

我爸说他长得与自己有几分相似。

他脚踏车上的黑葫芦

里面提炼过寒冷的解药

随着那一声霹雳似的咒语响起
时间在网口处又一次开始。

归置时间的人，在冬天一脸乌黑
用指头捏出一小撮糖精。

在玉米中搅拌，
让甜均匀地吹进玉米。

他转动手中的轮盘，像驾驶一艘破船，
行走在呼啸的浪尖。

吹玉米的人，小心地吹出梦境
吹向他的过去，不朝向明天。

（原载《民族文学》2023 年第 11 期）

天然大剧院

◎梁　梓

你听吧，"时间在用这语言与自己交谈"
没什么能阻挡它的履带徐徐地运转
吹过瀑布、松针的风又来吹拂你的头发

微凉，清香，柔软……你知道这是幸福

你不知道它是否从远古来，它会不会衰老？

但你能确定，它总能找到芬芳的琴弓！

看啊！树木搭建帐篷

昆虫有条不紊地摩擦鞘翅

石块抱紧自己，它已进入苦苦地冥想中

绿肚皮的啄木鸟旁若无人地不停敲着它的木琴

瀑布在高音区向你发出深深邀请——

肉嘟嘟的花脸蘑菇，在低音部，讲解隐身术

此时啊，你仿佛已不需要再祈求什么

只想在这长久幽居，让"她曾经像玫瑰、阴影

和水一样，为你戴上她自己"

（原载《北方文学》2023 年第 12 期）

湖边静坐

◎梁书正

从黄昏到夜晚

湖面都是安静的

期间，映有落日、群山和飞鸟

后来是一整片星海

一个人坐在湖边

宁静、澄澈、璀璨……

一夜之间

我似乎从一颗满身是泥的马铃薯

长成了一座清冽的雪山

（原载《诗刊》2023 年第 22 期）

时间似乎又回到了原点

◎林　珊

时间似乎又回到了原点

麻雀依然在凌晨五点的

玉兰树上，唱着歌

我的诗越写越少

睡眠越来越不好

让我难以忘怀的

究竟是些什么呢

隔了那么久

当我又一次被

凌晨五点的鸟鸣唤醒

四周仍然是一片漆黑

天空没有星辰

也没有皎月

只有我们一起淋过的

那场雨

还一直下在

我的回忆里

（原载《广西文学》2023 年第 11 期）

山 色

◎林 珊

你等待的秋叶还没有变黄

无人的深谷如同往年一样苍茫

你爱过的人正走在遥远的路上

他带给你的灰烬无处安放

（原载"一见之地"微信公众号 2023-11-08）

桉树的孤独

◎林水文

一大片桉树叶子星光下闪亮

承着露水和虫鸣

他从城里回来，过桉树林

披着一身桉叶味

苦涩带有柴油味

老家里人去房空，灶头前

堆满了桉树叶，一层又一层

灶头里残留着叶子燃烧的灰烬

叶子的结局不可避免

燃烧或蒸油

羽毛般叶子，别看它们一堆堆叠垒

它们是互不理会

桉树叶一片片地落下

火一点就呼一声般燃烧

像那些野地里的灵魂

却再没有人去捡拾

它们在桉树根下里腐败消失

像你我都要消失这乡野里

（原载《长江文艺》2023 年 12 期）

黑夜引流

◎刘 春

一个男人在哭

哭得那么伤心，那么认真

开始是悄悄的，刻意压抑着

好像很羞愧，好像生怕打搅了别人

然后慢慢变得大声

三月的潮水把黑暗推动

这个深夜，我相信院子里

没有人能够入睡，所有人都在听

开始有些惊讶，有些意外

有些恼怒，觉得他冒犯了一个

美好的夜晚，好不容易到来的睡眠

随波逐流。后来慢慢释怀了

甚至充满感激

——天地啊，让他哭吧

让他哭得更大声、更痛快一些

他是在替所有白天受了委屈的人

发出声音

（原载《长江文艺》2023 年第 11 期）

妻子与鹿

◎刘　康

相比于水中找鱼，我更乐意

在山中寻路。有时花费一整天的光阴

只是为了在荒芜中踩出一条小径

它会通往哪里？事实是

每次在半途我就会沿原路返回

一次，妻子带我路过一片山林

荒僻的小径覆满野花，一只小鹿

从路的那头与我们错身而过

我认出了她，那些褐色的蹄印，像妻子

少女时收摄的脚步。她曾跟随我

踩踏过那些积地的落叶，每次返程

都会有邃僻的跫音在林中响起。而后

妻子会带我来到新的山林，一条

尚未有人踏足的荒径，一个少女

从它的另一端与我们擦身，留下

褐色的蹄印

（原载《星星·诗歌原创》2023 年第 12 期）

晚来天欲雪

◎刘　年

一直在等一场足够大的雪

堆一个失去多年的人

我已经在画家那里

学会了雕塑泪水和微笑的技艺

天气预报说今晚有暴雪
我开始回忆她脸部的细节

想到雪人会很快死去
想到今年参加了太多的葬礼
又打消了堆她的念头

想到她已经在心目中夭折
想到还可以救她一命
又立马出来

我把院子清扫了一遍
有的地方还铺上塑料膜

要足够干净的雪
才能堆出那么好的人

（原载"一见之地"微信公众号 2023-12-22）

穷 途 歌

◎刘　年

所有的路，都有目的

唯独我的没有

越来越慢，越来越慢

一头是苍凉，一头是荒凉

所有的路，都有意义

唯独我的没有

有人挥舞着闪电

反复地劈，徒劳地劈

所有的路，都有意思

唯独我的没有

停下来，掉转车头

此行何苦，此生何必

又经过了办丧事的人家

女子 29 岁，从顶楼落下

有人说是扔的，警方说是跳的

没做法事，冷冷清清

四岁的女儿，还不懂死亡的真谛

在捡纸花

有一瞬间，我想

再次掉转车头

进入灵堂，替人家哭一场

哭完就走，不收钱

我适合做哭丧人

眼眶浅，眼泪多

我极需要一些

值得痛哭的事物

（原载"一见之地"微信公众号 2023-12-22）

新诗选

2024

春

在奉科，我不是唯一的诗人

◎刘　宁

在奉科，我从来不是唯一的诗人。

事实上，这里住满了诗人、小说家和

幻术师。我失明的外婆从未看见过

这个世界，但很多年前，那时奉科

还只是金沙江里一块沉默的黑石

她就在两只麻雀的对谈中，知晓了

关于世界的预言。或者，根本就

没有人可以进入雪山门关来到这里，也就

没有一个人从奉科出去过，你在这个庞大的

世界上见到的那些奉科人不过是一棵松树

一头白牦牛、一块黑石的化身。就像我

也只是一个活了很久的幻术师——

一个在幻术中忘记了自己灵魂形状的

幻术师，从石头凳子山上

放出来的一只白鹿。

（原载《扬子江诗刊》2024 年第 1 期）

一个人走在大街上

◎刘　颖

喜欢听叶子

它在树上走路发出星星坠落的声响

喜欢它没有方向

就像我们

一个人走在无人的大街上

是多么广袤的事，多么孤独的事

多么春深花繁多么虎在危崖的事

多么想倾诉

又不需要跟任何人诉说的事

一个人走在大街上

像一棵树那样响亮

（原载"一见之地"微信公众号 2023-12-12）

画一幅下午的画

◎刘棉朵

银杏树、枫树、路灯

楼房、远山、浮云、新月

构成一幅风景水墨画

构图从三分之二处

被道路切割

空间有些倾斜

云和天空的颜色还在迅速地变化

这没有让画面获得平衡

反而轻的地方更白

重的部分更黑

世界仿佛很快会坍塌

但影子让它们暂时获得支撑

随着傍晚的光和时间的推移

五只晚归的鸟

填补了画面的空白

有了希望和精神的象征

一辆红色的运沙车慢慢驶进来

将画面一下子

从古典拉回到二十一世纪

我倒是希望这是一匹枣红马

那样画面就会和谐、平衡

但生活毕竟就是生活

不是一幅画

我又不是神

不能想怎么涂抹、修改

就怎么修改、涂抹

（原载《当代人》2023 年第 12 期）

乡愁加工厂

◎流　泉

父亲微闭眼

陈旧的执念，像榫头

在方言与方言的夹缝间，他剔去

外省口音，只剩下漏风的

家训。手捧辣椒，他说起娄底

说起门楣上一口

看不见的井。祖父死后

他将一些葵花籽撒在西南方向

另一些，小心包起来

置于祖父的坟头

父亲老了，落日

空悬。麻雀，飞来飞去

117

八仙桌上，那台老式收音机

像一个哑掉的

疯孩子，再也找不回那个唱越剧的人

土豆们奔跑在

去往城市的乡路上，荒芜的野地

一把生锈的锄头

闲置。我正循着一枚锁扣

在找寻那些

被遗弃的

钥匙。有一会儿，我与父亲

合而为一，仿佛一个时代集合了另一个时代

同样的青苔，而散了架的缝纫机

仍在一团同样散了架的败絮中

缝缝补补

（原载《星星·原创诗歌》2023 年第 12 期）

秋天将雨水提在手上

◎龙 少

秋天总是要来的，我将在那里读到

"贝壳，草叶和星辰"

读到蓝色天空和雨水隐藏的光亮

在松针上构建起海的徽章

也会在有暖阳的午后

邂逅一只猫的慵懒，虔敬的姿态

对应着玉兰光滑的叶片

它们是词语中最温柔的部分

已没有铠甲需要描绘

有时，我也会找到露珠下的松针

它们清冷的模样，满是成熟后的宁静

我在这宁静里待着，看马儿穿过草地

将远方驮在背上，像极了秋天将雨水提在手上

（原载《北京文学》2023 年第 11 期）

冬 至

◎卢文丽

夜晚最长的日子

适合以雨水针灸

一生如何越用越短

适合清算与反思

这些年

如何踏着湿滑落叶

独自翻越了群山

适合从梦中醒来

梅花开了

非凡的爱

如何在尘土中坚持最久

冬天的极致

更适合怀念

你看到一张张亲切面庞

在时间金色的河流闪现

（原载"天天诗历"微信公众号 2023-12-22）

情　书

◎陆　岸

我和你一样独处

白天与夜晚一样安静

一年仍有四季

蒙面的冬天更加漫长

道路和天空越发宽阔

熙攘的人心从未改造

河水还在石上流淌

石头那么多棱角多像你尖尖的指甲

从前的小村多么遥远

如今的你就在马路对面

蓝天白云也多么遥远

我却只能远远相望

划伤的永不止河水

汲水的人也已永不再来

我爱你，爱你的流言

越来越逼近真相

（原载《诗林》2024 年第 1 期）

104 国道是条好路

◎陆支传

截至现在，104 国道上

共驶过一千多辆车

最多的是轿车

其次是重卡

夹杂着的，是客运班车

以及为数不多的校车

迎亲的车队也过去几拨

大红的喜字让人间温暖

而送葬的车队

目前还没有看到

104 国道是条好路

我站在路边四个小时了

我的工友们在旁边的工地上劳作着

对于一个总是梦想远行的人

我喜欢在道边发呆

它有时什么也不和我说

也有时给我指远方

用薄雾、大雨以及

天气晴好后的空枝

（原载《人民文学》2023 年第 11 期）

迎 春 花

◎洛　水

迎春花因过剩的营养，虚散于

不容置疑的位置。空气里

到处打着被自然圈养与珍爱的

广告。

妈妈，春天来了

从沉睡中醒过来了。

迎春花开出如我般消瘦的

青春和记忆。

妈妈，我一无所有。

一无所有地爱着这个世界。

如迎春花一般，爱它的空

和它的破碎。

（原载《文学港》2023 年第 12 期）

罪 与 罚

◎吕　达

整个春季和夏季我不再提笔写诗

任风浪把我从一处运送到另一处

世界的滋味好像大梦一场

但现在只剩那些植物仍然青翠

天上的云从西到南继续纠缠

"我爱过，随随便便地爱过"

在羞愧中我更加沉默

作为一种惩罚

人类世代延续

我仍四面受困

（原载《诗刊》2024 年第 1 期）

一个书呆子的自白

◎吕　达

读书是最值得的冒险

我相信这句话

因此我把自己关在房间里

我翻开一本新书我去往一个新的地方

我与人们相遇、交谈，付出情感和精力

我叹息我欢笑我采取行动

面对自己的命途多舛

或为如何度过富有而空虚的一天大费周章

青春和玫瑰曾让我彻夜难眠

在狭小的斗室里

我任凭苦难和魔鬼差遣

我是年轻的母亲生下孩子

我是苍老的父亲心硬如铁

蔚蓝苍穹下我拍打翅膀

把另一只巧织雀追随

然后有一天我两手空空被赶到

这个似是而非的世上来

我一定是脸色苍白目光如迷雾

因为人们称我为智者

我捋一捋满脸白须

用沙哑的嗓音说道

我上天入地爱过我什么也没学会

（原载《诗刊》2024 年第 1 期）

黑夜有时是明亮的

◎马　莉

我已站在你的门前，但我又很犹豫

身上的长裙不住地动摇我的双脚

越过一堵墙，屋顶披着绚丽的光

牛车慢慢地走过窗前，热腾腾的牛粪

覆盖在乡村的羊肠小路上

孩子们在嬉戏

玫瑰花站在窗边

我看着眼前这一切，我有些迷惘

黑夜有时是明亮的，因为光在地上

因为地上有爱，才长出高树

也有憎恨，才让河流弯曲

欢乐短暂而时光漫长，我把手伸向你

站在院子中间，小狗汪汪地叫个不停

友人呵，你是否听见了我的心慌

（原载"诗与画"微信公众号 2024-01-24）

晚 安

◎毛 子

夜里，穿过空荡荡的街口

看到马路一侧，一个环卫工

放下手中的扫帚，蹲在绿化隔离带旁

掏出自带的干粮和饮水

悄悄地进食。

我为冒失的经过，感到不安。

我放轻脚步，但还是把一种歉疚留在那里。

我想到活在世上的每一个人

都像他橘黄工装上，沾着的一小块儿灰

琐碎、微小，毫不起眼。

穿过几个路灯和它之间的黑暗

我离那个人越来越远。

我的身后，是这座城市、这个世界、这个夜晚

它们因为一个人，变得柔软。

已经是午夜，该是道晚安的时候

但我不需要这些。

因为那个蹲在绿化带的人，他慢慢吞咽的食物

他身上的那一小块儿灰，他身旁的扫帚

就是这个世界的晚安。

（原载《诗刊》2023 年第 21 期）

新诗选

2024

周末的清晨

◎米绿意

我收集犯过的错

在针线包里，它们像我的

旧布娃娃一样等待缝补

但当我拿起一个

俯视它，它竟变成一潭水

深邃地回望我

我拿起生活的石子

那些硌疼我的事扔下去

潭水像巨兽般吞下它们

许多碎玻璃从水底升起来——

一面斑驳的旗帜

闪着古怪的光

春

我看到每一块玻璃里都有我

我抚摸它们

又抚摸自己的脸，并试着

擦去上面的痕迹

（原载《星星·诗歌原创》2024 年第 1 期）

凤凰山的野棉花

◎苗　菁

雪落之后，凤凰山的雪

长成了一株株满山满洼的野棉花

像山谷轮廓间漫游的羊群

一路穿过蜿蜒绵亘的九盘山脊

寒风冷飕飕地抽打着我

也抽打着阻道的酸刺树

它们蜂针般的刺，深深

扎进我生疼的腿面上

斑驳的野棉花

纤弱的躯干撑持在幽僻的山体

深陷在荒无人烟的大地

寂寞而悄无声息

薄云里，阳光把它的金子

涂抹在野棉花

白花花的纤维上

温暖着它冬日的荒凉

人间有多少不为人知的苦

就有多少株棉花糖一样的野棉花

（原载《诗刊》2023 年第 22 期）

孤　峰

◎末　未

显然，这里的硝烟已成过去，但来困牛山

很有必要，继续披荆斩棘，继续

在悬崖上，来一场左右开弓的搏击

我就是这样以手为刀，斩断了内心的恐惧

后来又在连滚带爬中，发现自己的骨子里

藏着一名勇士

在我的固执下，夕阳只好靠边站

黑滩河也露出老底——棱角分明的石头

如野生的性格，不懂得自圆其说

不管怎么说，我已经成为深渊的一个盲点

当我回看仰拍镜头中的我，真没想到

我也是一座孤峰，披挂着绝壁，在人间行走

（原载《民族文学》2023 年第 10 期）

壁　画

◎莫卧儿

乐手摆弄横笛的兰花指

在干燥的空气中展示了千年

鲜润依旧

年轻的回鹘公主站立于殿前

有些拘谨，上挑的眉眼

至今没有落下

贵妇手捧托盘

里面摆放着敬献的珍宝

可惜和身后列队恭候的男子一样

永远也等不到要等的人了

谁的发髻间金光一闪

出神的看客听见

窸窣之声从墙角传出

脚下波浪纹样的地毯涌动翻滚起来

等等！有楔子卡在了喉咙深处

尘埃落进历史崎岖的缝隙

一只大手从暗处伸出来

将那张酷似时间的脸

细细摩挲

（原载"在我的国度"微信公众号 2023-12-27）

亲爱的卡伦

◎泥　巴

亲爱的卡伦，

我现在在父母那里，暂时放弃了哀伤。

亲爱的卡伦

我明天要去看望另一条河流，两条河流

将在拐角处相遇。

亲爱的卡伦，

诗是可以不写的，我终于发现人生是人生，

诗只是一朵花，

我怀抱玫瑰去见你，

和只带着一颗心，区别不是太大。

亲爱的卡伦，

这两天北方很凉爽，仿佛人民的苦有一个尽头。

亲爱的卡伦，

天空就要降下露水，而我躺在长椅上看飞机飞过。

卡伦，

世界要想平静，人和人之间就要留够距离。

现在我已经知道

有些话跟谁都不说，让他们保留一些善良的想象。

亲爱的卡伦，

这里的黑夜来得很早，天和城市都拉上了窗帘。

真是一个好睡的季节，

我仿佛把缺的觉都补上了。现在就是想吆喝，

因为我心中莫名地快乐。

（原载"莲花下的淤泥"微信公众号 2023-12-15）

桐　木

◎泥　巴

小学在一所庙里。钟挂在屋檐下。

我和小伙伴在桐树下，

又喊又叫，浑身泥灰地玩着斗膝的游戏。

钟很快响了。

院子里，安静下来。

能听见桐花扑簌掉落的声音。

那些桐树已经三抱粗了。

做民办教师的母亲，告诉我们，生产队决定，

每个在任的教师退休后，

都可以伐一棵，死后做一口棺材。

多好的桐树呀。

母亲又叹息又憧憬。

那一年，我六岁，我的母亲刚好二十八。

（原载"莲花下的淤泥"微信公众号 2023-12-15）

我 们

◎泥 巴

我们在池塘边坐下

怕打湿衣服，我们挑了一片有落叶的草地。

草地上的光真好呀。暖黄色，亮亮的

照在石头上，仿佛要把它浸湿。

我说到我们的时候往往是

我自己。早上出门买菜，忍不住一个人去花园里

呆了一会儿。那么久了，为什么，

我觉得你还是在的。我把纸袋铺在草地上，

下一步，是你坐下，轻轻磕着鞋底的泥。

（原载《诗刊》2023 年第 22 期）

小 动 物

◎宁子程

他是个男孩。

喜欢好看的昂贵的东西，还有女人。

可能一辈子不会变了。

很难想象他老了的样子，也许是

那张脸过于漂亮。

我偶尔还是会想起他。

包括想起

对他来说我是个陌生人。

他甚至不知道我的真名，像他们一样叫我。

或者随便什么称呼。

比如，中国女孩之类的。

我想起他并不是因为我爱他，

这真是件奇怪的事。

我肯定不爱。

只是，有什么在那儿。

像不时会取出观看的照片。

他也像照片一样放在铁盒子里。

（原载"英特迈往"微信公众号 2023-11-12）

母亲的菜园

◎牛保军

父亲离开我们的日子

母亲整天劳作于三分菜园里

用汗水滋养这一片翡翠

打发着寂寞黄昏后的岁月

东方尚未出现鱼肚白

母亲就已到菜园里向蔬菜问安

她蹲下身子拔

永远拔不完的野草

大颗大颗的露珠打湿了衣袖

蔬菜盛开的小花

在对着母亲深情地傻笑

阳光升起的时候

母亲关节炎腿久蹲开始疼痛

我一遍遍喊母亲回家

母亲摘下许多豆角与黄瓜

送给左邻右舍

蔬菜长势很好

母亲收获了很多微笑

有时，母亲提水浇灌落伍的菜苗

和着头上的汗滴

我听见菜苗生长的声音

好像我很小的时候

在母亲的目光里

我骨骼生长的动静

（原载"临泉文艺"微信公众号 2024-01-18）

初 雪

◎欧阳江河

下雪之前是阳光明媚的顾盼。

我回头看见家园在一枚果子里飘零，

大地的粮食燃到了身上。

玉碎宫倾的美人被深藏，暗恋。

移步到另一个夏天。移步之前

我已僵直不动，面目停滞。

然后雪先于天空落下。

植物光秃秃的气味潜行于白昼，

带着我每天的空想，苍白之火，火之书。

看雪落下的样子是多么奇妙！

谁在那边踏雪，终生不曾归来？

踏雪之前，我被另外的名字倾听。

风暴卷着羊群吹过我的面颊，

但我全然不知。

我生命中的一天永远在下雪，

永远有一种忘却没法告诉世界，

那里，阳光感到与生俱来的寒冷。

哦初雪，忘却，相似茫无所知的美。

何以初雪迟迟不肯落下？

下雪之前，没有什么是洁白的。

（原载"早上好读首诗"微信公众号 2023-11-30）

人到中年

◎潘　维

戏台上的锣鼓，

能听懂

脚步婉转、细腻的唱腔如何穿过针眼；

其实我明白，

人到中年，一切都在溢出：

亲情、冷暖、名利。

曾经的旅程，犹如几颗病牙，

摇到了外婆桥。

我记得每一个昨夜，

少女的味蕾，奋不顾身的春色；

记得雨水仍发着高烧，

从嫉妒中失去的万有引力，

似一场大雪紧搂江南的水蛇腰。

忧伤所做的事情，足够支付信用卡；

酒火燃起的牢骚，

也一直连绵成无法挽回的群山；

这时，我听见一声响雷夺眶而出，

在杏花村屋顶上碎成星空。

其实，我明白，

人到中年，是一头雄狮在孤独。

（原载《诗潮》2023 年第 12 期）

有人更早地来到秋天的寂静中

◎伽　蓝

日光，点染着园中的半棵树

一点一点染成金黄

风，早晨的鼻息。喧嚣分散在远处

悄悄聚拢，像集会

有人走得很快，更早地

来到秋天的寂静中

有人走得很慢，世界也就慢下来

他不急不躁地走着

什么也不担心，风景自己呈现

明暗的轮廓。明亮，把白天

搬到这座四面环山的城里

所有的建筑物在发光，暖和着

僵硬的身体

所有的路，交换着脚步和秘密

摩托的声音，突突突地响着

铁的咳嗽在转弯处消逝。鸟声

穿过玻璃，而玻璃保持完整

天空，把蔚蓝注入房间

我们把某种恐惧

带到旋转的餐桌上。尽量平静

尽量，毫不在意

（原载《中国作家》2024 年第 1 期）

喀 纳 斯

◎千忽兰

花楸果我的耳坠

我的脸在岩石里像雾一样走出来

这是我爱恋的一日，树木火红

鸟巢安宁，一些风在山岗上走走停停

怀抱鲜花和羔羊，长裙似月光

野葡萄我的耳坠

我在溪边洗手，一只鸟儿尖着嗓子叫

滚滚的消息从白桦林里来

黑色的山崖升到天上去，松柏抬一抬手臂

苹果花挤过众生，它的唇贴紧月亮

红柳花我的围裙

牧羊的孩子吮着手指，他的眼睛空荡荡

幽兰的湖泊我的木盆去到荷花淀

浮萍上沉睡一日，黑头发在月光下生长如瀑

野草莓我的爱人
喑哑的红色低顺地在浑圆的山谷流淌
一只白熊逆着时光走来
摇摇摆摆，怀里抱着西伯利亚的儿子

（原载《飞天》2023 年第 12 期）

在阿尔玛的客厅

◎青　晨

松果摆在桌子上，是从很远的地方带过来的
风安静地在杯子里
今天，我见了想见的人
壁灯长久地亮着，在墙上留下光束

（原载《诗潮》2023 年 12 月号）

镜　中

◎青　海

女儿说我
只有读书的时候

才会

露出点笑容

我拿起镜子照了照

嗯，果真有点严肃

我看着镜中人

突然笑了

刚才我笑给书看

现在我笑给自己看

（原载"鹤轩的世界1"微信公众号2023-12-27）

像极了月球上的长夜

◎邱红根

周围一片漆黑

唯有一个大得吓人的蓝色星球

悬挂在天空上方

这是从月球上的月面看到的情景

视频拍摄者说：没有星星

没有大气层，月球上没有白天

想想我所经历的——

孤单的来去、偶然的相遇、莫名的怨恨

无端的嫉妒。凡此种种

像极了月球上的长夜

地球直径大约是月亮的 4 倍

月亮上看地球需有更大的仰视角

更多的无法排遣的孤独

（原载《飞天》2023 年第 11 期）

归　来

◎秋　子

有一天，我将全部的我找回来

他们是我散落在世上的亲人

我一一拥抱，辨认

喜极而泣，抱头痛哭，抑或因恐惧

而不敢相认的时代已过去了。我们安静地

坐着，聆听，那遥远山顶上，逝去的风暴声里

逶迤的余音。那时我们脚下，交织着夕光的阴影

和命运的图形

那时，我不是白发苍苍

没有等待太久，没有在刻满痛苦经文

的内壁上，抚摸，徘徊太久

（原载《山西文学》2024 年第 1 期）

秋天来信

◎单永珍

当月亮的锈迹越来越深

雨滴带着罪罚，轻轻落在苹果树上
其实秘密就是，两个伤心人从夏天开始相思
其实秘密就是，你看着我，我看着你

挨不住昼夜冷暖，舌头咋知道甜呢？
信不过海誓山盟，脸蛋咋会红呢？
扛不住千刀万剐，眼泪把心淹了咋会疼呢？

花开的时候你在路上，忍着
绿叶子绿得拧出水了，忍着
红衣裳红得快要破了，忍着

六盘山以南，甘肃立秋了
甘肃陇东，静宁秋收了
静宁李家山，一棵苹果树上的两个伤心人笑憨了

当太阳冒着星星，两个走过风走过雨的人走到一搭哩了

（原载《诗刊》2024 年第 1 期）

看电影的技校生

◎萨拉拓

晚饭后有段时间

西面的山体刚好遮住了

操场十月的落日。我们三个技校生

从二楼的宿舍走出，去看一场

可看可不看的电影

我们说着自己的家乡话

穿过平坦的操场，恢旧的回力鞋

踢着地面细小的碎石。言谈中

有人提到某位女生的长相，她的

家庭背景，她是否已恋爱

没有风。谈话在操场上传出很远

我点着头赞同上铺男生的愿望

他期待能分配到一个

女工不嫌弃，远离危险的岗位

短暂的实习期即将结束。山下烟尘中

是早先东洋人兴建的铝厂，战争的遗迹

仍躺在操场西侧的山体内

我们暴露在碉堡黑魆魆的置枪口下

电影在校舍熄灯前散场

我们不再关心影片的结局

小人物，小角色们自有命数

一条横穿的小路

像一支闲置的竹篙，白白浪费了

一个操场的月光

（原载《星星·诗歌原创》2024 年第 1 期）

单身公寓

◎萨拉拓

前天我去了一趟单身公寓

被遗弃多年的主楼仍然是

水刷石的墙面

我说的遗弃是逃离

我只在梦中抵达过这里。那时

三三两两的单身一起喝酒、耍牌

在狭窄的空间里跳光背舞，唱罗大佑的歌

我们吃火腿肠很少吃肉，吃凉拌菜

喝酒一直到夜深。反反复复地唱

唱亚细亚的孤儿

我们篡改歌词，唱单身公寓没有禁足令

为何宿舍的灯仅有一盏

只有一个身影在墙壁上晃

我们打赌谁第一个找到女人

谁是最后的一个剩男

像鲤鱼那般，我们急于摆脱、跳跃

我们不知道从这条河，游到那条河

水是深还是浅

我找到她，不是为了怀旧

是在我离开这座小城后几十年

是否有人来过？有没有人提到谁，或谁

门卫的李师傅，邀请我下次

一起在门卫室喝酒

我许诺他两瓶酱香习酒

他约上几位女同事

（原载《星星·诗歌原创》2024 年第 1 期）

夜宿查干扎德盖

◎三色堇

厚厚的夜色里

只有一二声犬吠在黑暗里滚动

临近中秋，月亮高悬在玉米梢上

在如量子世界般巨大的沙漠里

芨芨草与胡杨树的影子给我带来意外的惊喜

几间低矮的房子矗立在时间的边缘

一个穿着蓝色夹克衫的姑娘

正在烧水，沏茶

我不清楚借宿的女主人

是怎样用青春在这里换取快乐的

也许她被生活勒令在此

我轻轻地看着她

我的眼里全是骆驼刺在风沙中晃动的样子

而她的眼里全是星辰

（原载《都市》2024 年第 1 期）

第二场秋雨

◎商　震

细雨缠绵了五天

大地弥漫着沉郁

我期盼着太阳

露出崭新的脸

秋天并没有真正到来

我没感觉到风中的冷

青草也没感觉到

有刀向它们走近

我准备了刀鞘

等着闪电入瓮

秋风该来时不来

青草也不敢生长

河水的流速慢了下来

好像在积攒一种力量

我坚定地想

流水的下面

埋藏着雷声

（原载《安徽文学》2024年第1期）

山中一夜

◎邵纯生

有人在山中度过一夜，回到山下

滔滔不绝赞美那一夜的美妙

他说，山中那一夜呀

微风像古琴演奏起安眠曲

星星仿佛萤火虫穿行在微风中

夜莺站在枕边和我耳语

宽阔的河流，绕过梦境倾泻而下

从谷底飞溅起幽深的回响

遇到的所有事物都满怀欢喜

不知忧郁和愁苦乃何物……

他把目光从缥缈的天际收回来

摇摇头，只可惜路太窄了

无法背下山，当礼物送给你们

（原载《山东文学》2023 年第 12 期）

冬 天

◎盛 婕

已经很久没有下雪了

1999 年的冬天，父亲在教室上课

母亲扫窗台的积雪

她说：瑞雪兆丰年

2012 年的冬天，父亲拄着拐杖回家
母亲拍落他身上的
积雪，说：平平安安

2023 年的冬天，父亲在小院晒太阳
他的药箱里，新添了二甲双胍
几只药瓶被母亲循环利用，装上菜籽

日子平常，小时候的雪落在父亲的头发上

（原载"中国诗歌网"微信公众号 2023-12-26）

天 香 引

◎石　莹

柳枝把湖水变得更轻，仿佛三月的骨头
我收拾内心的辎重，寄给你。
风把黄土从北方运来
还没有适应湿漉漉的光景——

桃花和我一起照镜子，那是春天的引信
没有人愿意去点燃它

你给我描述，院子里的积雪

一寸寸矮了。瓦楞上住着牛筋草

一寸寸伸展筋骨

"在春风到达之前，我把院子又打扫一遍"，你说

我看向窗外

在纸上种植红豆。月光是个好事者

为迟暮的眼睑斟满情欲的海水

（原载《诗刊》2023 年第 21 期）

岩壁上的挽留

◎舒　洁

我更倾向于他是一个牧羊少年

以石杵为笔，在砬子山岩壁

一点一点刻下他的寂寞和时间

我想象他的神情，他在石壁上刻一下

朝达里诺尔方向望一眼

遍地苍茫唯有牛羊

他留下符号

人，马匹，骑在马背上的武士

被今天的我们阅读为口信

这穿越了漫长时间的相约

在岩壁上凝为一瞬

那真是伴着牧歌诞生的

甩尾的白骏马发出嘶鸣

我们攀缘而上，向光阴中的少年接近

接近他的欢乐感伤，也就

接近了没有被笔墨记述的年代

在如此的挽留中

少年的姐姐在达里诺尔南岸呼唤弟弟

一架勒勒车载着她的嫁妆

少年没有忘记这个日子

少年歌唱，少年在岩壁上

刻下属于他的

爱的边疆

（原载《民族文学》2024 年第 1 期）

结庐在桐庐

◎舒　羽

结庐在桐庐，或者，今夜小住

窗玻璃上认得是黄大痴的皴法

密密簇簇，布置下满川的烟树

细碎的虫声，咬着夜的水果盘
栀子的花香白腻滚圆，咬着梦
梦里有熟透的星子垂挂着露珠

苔藓的心愿，悄悄爬上了裙沿
门前的柿子都醉了，打着灯笼
骑在下午的一束清冽的阳光上

螺蛳养在清水里，人养在家中
粗瓷碗盛来的秋天，颗粒饱满
旧家具恍惚，在辨认你的前世

前世你肯定来过，印渚、深澳
芦茨湾，名字上都有光泽
旧县人过的是金桂镶边的日子

横村的独山上，光阴如悬铃花
瑶琳的洞里找到了藏宝图，却
找不到那药葫芦里的桐君老人

结庐在桐庐，没有心事放不下
拖后的只有山与水重叠的影子
要知道，从前七里泷半月无风

船都焊在水里，人都锈在岸上
可是，一等风来便扯起了满帆
水便往高处流，船便在天上行

（原载《诗歌月刊》2023 年第 12 期）

无 名 氏

◎霜　白

祭祀那天，打开骨灰堂角落那排柜子，
我注意到一张二寸的黑白照片。

是一位三十岁左右的女子，身材苗条，
扎两只小辫，清秀的面容，
挂着淡淡的笑。

我认不出她是谁，但肯定是族里一位长辈。
我怀疑她是我的一位堂婶，但
又不像我记忆中的样子。

这青春的气息，和背后绛红色的盒子，
和这阴暗肃穆的骨灰堂显得格格不入。

她站在那里，没有老过，就从世上消失了。

就像旁边那几个盒子，我的其他几位长辈，

想起来，他们似乎也没年轻过。

（原载《诗歌月刊》2023 年第 11 期）

去爱⋯⋯

◎霜　白

去爱那些残缺的事物吧，

去爱那些遍体鳞伤的事物吧。

去爱那些陈旧的事物，

那些衰老的。

交错的掌纹在紧握的手中，

编织着神秘的线索。

风沙住进石头的裂缝，

种子在发芽。

去爱那些多面体吧，

像巢一样的。

就像爱抽屉里的日记簿，

爱我们的故乡。

就像用你给的疼痛，

去爱新鲜的你。

（原载《诗歌月刊》2023 年第 11 期）

开着拖拉机去串亲

◎苏　真

烧酒、炒米、玻璃瓶装的乌日沫

装满布袋子。一大早布和朝鲁

开着拖拉机去三十里外的牧场去看妹妹

在村口遇到赶羊的乌力吉，顺便和牧羊犬大黑子挥了下手

看着影子在路上带起的尘土

小声嘀咕：下午就得赶回来

刚下犊的乳牛，有点上火不肯吃草

得多加点青饲料。最不放心的是

怀着二胎的乌云其木格不能干太重的活

怀着孩子的女人就是神的左使

需要细心、耐心和爱心

晨曦给金翡翠的秋叶，镀了一层透明漆

风中的科尔沁，毛茸茸的。如同胡琴声汹涌

（原载《星星·诗歌原创》2023 年第 12 期）

大 雪

◎苏历铭

一直期待一场真正的大雪

铺天盖地覆盖所有的角落

天地间藏有太多的污垢

谎言早已不加修饰

变成时代剧的对白

大雪是世界上最好的涂料

白得无边无际，轻易涂掉既往的伤痕

在连续剧的间歇

需要重新判断，是继续粉墨登场

还是只做一个观众

生于雪国，我热爱每一场雪

尤其热爱漫天飞舞的鹅毛大雪

每一场大雪，让我想到融化

从融化想到河流

即便寒冷忍无可忍

仍不断鼓励自己，大雪过后

万物必将重生

虽已年过半百

我还天真地相信，大雪能解决所有问题

可大雪始终盘旋于天际

青春逝去后的冬天里

只有寒冷不断深入骨髓

真正的大雪，一场都没有

落下来

（原载《诗林》2023 年第 6 期）

满 天 星

◎孙殿英

有的，是我走失的羊

有的，是我说过的话

有的，是我故去的亲人……

在星空下忙碌

我很少盯着哪一颗看

即使盯住一颗

眼神也会模糊和迷茫

偶然在一颗星里看到了你

——那些我走失的羊

我说过的话

故去的亲人……全活了过来

我们又开始了下一个轮回

（原载《鲁西诗人》2024 年第 1 期）

在狼渡滩，等一个人带来暴动的星空

◎孙立本

云朵的棉白，比别的地方明显一些

像一滴滴松花酿造的白雪蜜

当它落在眼底，我看到了自己

羊群般的散漫与自由

有时候，生活的模糊一眼望不到边

走进它，只为了触摸

九重曲折的溪沟下清晰明了的世界

山巅最高的塔顶我没有上去

陡峭的人间已经越来越深，接近寒凉

推过了楔满时间刻度的地轱辘车

我想摆脱固宥，附身大地

挖几颗益精髓的虫草

或生津止渴的野蕨麻

贴着那些朴素、羞赧的青草

我心的所属所藏

并不比一棵草的胸怀容纳更多

与那些好看的金露梅、祖师麻、凤毛菊

长久对视，并一一拍下她们

得到花的智慧与爱情

风声吹起，像是要俘获和失去些什么

又感觉它从未俘获和失去

黄昏把它洇开的红晕，慢慢从

我被晒伤的脸颊上剥离

坐在石头上抽烟的我

还没有一丁点儿起身离开的想法

我在等一个人，带来一片暴动的星空

（原载《青岛文学》2023 年第 10 期）

空　手

◎谈　骁

从田野回来，

指甲里的泥洗不掉；

从山上回来，

手心里知了、斑鸠的跳动洗不掉。

经手的一切，变成了茧和掌纹，

茧消失了，掌纹记下你的命运：

左手攥住一把野草，右手会去寻找镰刀；

左手拧紧瓶盖，右手在反方向拧紧瓶身……

你从未空着手面对人生；

灶膛里燃烧的枞树枝，是昨天的拐杖，

喝咖啡的吸管，明天用来喝豆浆，

你从未浪费你侥幸拥有的。

去湖边散步，左手牵着妻子，右手牵着女儿，

散完步回来，你走在后面，

拿着女儿一路上捡的石头、树叶和柳条。

（原载《诗刊》2024 年第 1 期）

寻找布谷鸟

◎唐小米

一个瘦削的人站在河边

站得久了，路人生出多余的担心

"布谷，布谷……"这时，对岸肥大的芦苇丛中

突然传来布谷的啼叫，仿佛大自然的闹钟响了

一声一声，瘦削的人终于从梦中醒来

像一根春天的芦苇，应和着，捻动着尖细的喉咙

他应该很久没有这样叫了吧

——盖过一切声音，却又藏在人群之中

而这一切多像个奇迹。一声一声

在他的身体里。没人能关掉它，因为没有人找得到它

（原载《诗刊》2024 年第 1 期）

大雪帖

◎唐朝小雨

地上白了

树上白了

房子上也白了

比白居易还白

比李白还白

语文的心情真美好

谁出门都能在白纸上写一行诗

我们也出去走走吧

走成白头到老的样子

我牵着你的手

你牵着我的手

我们不用彼此思念

多么温暖，多么幸福

（原载"天天诗历"微信公众号 2024-01-15）

立　冬

◎田　禾

鸟雀在寒风里筑巢

父亲在后屋院劈柴过冬

高低起伏的田畴笼罩着雾霾

山顶上的悬空寺

真的像悬浮在天空中

流水还没停下奔腾的脚步

草木对人世的冷暖漠不关心

只有母亲在深夜为我纳着鞋底

寒冷从母亲的针孔里穿过

光秃秃的树枝

很快要披挂上今年的雨雪

一匹马在雪野奔跑

那时二哥从河滩上归来

他把船停泊在枯萎的芦苇荡里

风向着没有风的方向吹

抬头天已黑透

夜晚再一次降温，一个比往年

更寒冷的冬天开始了

场院的草堆在牛嘴里越来越矮

牛吃草，弯角挑着远天的冷月

厨房灶膛的柴火烧得通红

黑夜的影子在恍惚的油灯下晃荡

（原载《湖北日报》2023-12-04）

悲 戚 信

◎瓦　四

我一遍又一遍地翻看你给我的每一封信

那些信里，有计划一起去做的事儿

如今再也无法去实现了

而我仍然在翻读，每读一次

你就随清风一起来到我的身旁

再也收不到你写的信了

所有的信在今生你已经写完

38 封信，静静地躺在一个盒子里

在我痴痴凝望中，它们一点点扎出翅膀

变成了蝴蝶，擦拭着我的泪痕

记得最后，你在信中呼喊我的乳名

我居然置若罔闻

我不知道，那竟然是最后一次

你一直都说，乳名是亲人叫的

而今，我的亲人已经被埋在了土里

（原载《延河·诗歌专号》2023 年第 2 期）

木质车厢

◎汪　抒

那时还是敞开式的木质车厢，车头冒烟

黄昏时，一列火车就像偷跑

缓慢的速度，还是扯疼了渐临的暮色

一根根电线杆比火车走得更快

大地似乎已空

把所有的空间都让给了它们

秋天反火车的方向而去，铁轨附近的浅草

仍在未衰的自我纠结里

一只只羊就挤在这昏暗的木质车厢里

羊毛与空气的摩擦声

使一只只温亮的羊眼，蓄满微微的惊恐

（原载《星星·诗歌原创》2024 年第 1 期）

真　言

◎王崇党

娘今年去世后

我的心里

突然落成了

一座金光灿灿的寺庙

每日里，我在寺庙里

扫除落尘

念经打坐

路遇不平心生绝望时，

我就念起经文

一切就奇迹般地复归平坦

所有的经文

只有一个字——

娘

（原载《上海诗人》2023 年第 6 期）

秋末冬初与友人书

◎王怀凌

我喜欢这安静的时光。一个人坐拥辽阔

喝茶、读书、习字、发呆、晒太阳、数星星、拈花惹草……

一个人大摆宴席，把月亮灌醉

一个人邀约青灯给笔锋设局，我与草木纸上谈兵

偶有三五故友来访，萝卜青菜，山高水远

世界并不太平，寒流和病毒卷土重来

我听从风的教导，一头花发忌惮自身训诫

偏居一隅，活成你们不曾见过的样子

尽管人间烟火早已铺就大道，而时光却不能生还

唯此时刻，只有安静才配得上落叶缤纷

巴掌大的小院，花谢草枯

阳光清扫过，月光也清扫过

有时候我会陪着影子走，影子在前我在后

有时候影子陪着我走，影子跟着我

你问我不孤独吗？就在前一秒钟

夕阳轻声向我道别，只是情长纸短你尚未听见

（原载"天天诗历"微信公众号 2023-01-05）

火车，火车

◎王可田

穿上红裙子嫁给远方的少女火车
打着响鼻脾气暴烈的黑马火车
从夜色和梦境边缘一闪而过的幽灵火车

哪一个才是你呢
"美丽的火车，孤独的火车？"[①]

梦想剧场，沙盘停电的玩具火车
联想集团，运送灵感矿石的星际火车
星空传媒，一颗流星打出的广告语火车

想到哪里去呢
吹口哨的火车，被梦挟持的火车？

（原载《扬子江诗刊》2024 年第 1 期）

---

① 摘自土耳其作家塔朗吉《火车》一诗。

万一的事情之六二〇

◎韦　锦

此后他一直等待奇迹，

哪怕等待耗尽一生。

他指望这奇迹度过平凡的岁月。

铜线蓄满电流。空中道路无人打断。

微信里的胆怯逃出手心。

在梦中实现梦想不用欢呼。

天塌了　塌成一场大雪。

早春的河顺利转弯。

窗玻璃反光不刺伤鸟的眼睛。

风筝在风中长大。

风中的嘴唇还能说，恨不用批准，

爱不用检验；心中的秘密不用说破。

奇迹到来仅取决于等待。

他愿为此付出一切，先是汗水，容颜，

然后是皮肤的光泽，骨髓和血。

（原载《万松浦》2023 年第 5 期）

新诗选

2024

春

厂房里的向日葵

◎温　馨

我从枯萎的光明中，抬起头来
向日葵就开花了

它身体扭曲，而向着太阳的脸
金黄、纯净
我不知道
在铁与石、火与泥之间，它是怎样的挣扎
我毫不犹豫移除了它身上的钢丝绳

我的手上沾满油污、泥尘
向日葵的花盘依旧洁净如洗
我可以用它叛逆执拗的火焰
沸腾我的血液，在钢铁之上
铺一方锦瑟年华

从冰冷到热烈，一朵花自有它的肯定
它不紧不慢，移动花盘，生长稚嫩坚硬的果实
阴影里，也带着
光明所密布的希望

而我与它的和弦，就是努力追着太阳

把灿烂拉长，增重

（原载《诗刊》2024 年第 1 期）

想　你

◎翁　筱

想你的时候

你是我眼角的一缕伤

含在嘴里的一颗糖

是我的眉心痣，额间的刘海

马尾上的橡皮筋

是手机里的云笔记

与人对话时的小小停顿

鸟儿的几滴鸣叫

盲人突然开出的笑容

想你的时候

你是我晨起时凝视窗外的椒江

它流淌着，汹涌着

自己也不知道要去往哪里

（原载《山花》2023 年第 12 期）

冬的开阔地

◎吴少东

人进中年后胸间多了一片开阔地

也不是如砥的雪地

视深壑如浅沟，视山峦如田塍

而已。山归山，水归水

万事万物都只像巴掌大的镜子

照己照人照万象，底色

都只映在心中

人世间的斑斓已不能让我轻举妄动

唉声、叹息、挥泪、扼腕，也只在

半亩的平静中困如弱水

田塍的绳索捆束着我的急脾气

每日将清晨折叠成炸药包

又将夜晚拆解，铺平，辗转反侧

在梦中像一个滚雷英雄

从山巅到山脚，又从山脚到山巅

从飞雪，到积雪

这十年我已声嘶力竭

从一个有力的自由泳者，成为

眼望天光，在冰水中的仰泳者

锯齿般的青山托浮着我

黄金般的阳光推移着我

我的开阔地上，水波不兴

目中无人

（原载《安徽文学》2023 年第 12 期）

乌兰布和沙漠之夜

◎武强华

睡着是幸运的

与天地万物同眠

沙漠、烈酒、篝火、星空

还有草木和未现身的小动物

睡不着也是幸运的

躺在帐篷里，听万物呼吸、低鸣

袒露自己。整个沙漠

都是属于一个人的

我怕早一秒睡去

就会错过什么

也生怕迟一秒醒来

就会错过什么

我甚至把清晨

照在沙子上的第一缕光

当成了自己内心迸发出的

第一缕光

（原载《草原》2024 年第 1 期）

荒野中的椅子

◎武强华

直到它出现在那里

旷野才停止了飘荡

被一个钉子或一个核

固定在了虚无处

风和乌云暂时静止

把无边的孤独让给了我

我坐在椅子上

开始为梦境立传

把自己分割成

两个无关的灵魂，低声

倾诉：在梦里

我死过两次，但并没有

感觉到多么痛苦

我甚至从未为自己流过一滴眼泪
只是内心空茫一片。像这把椅子
静止，孤立，空荡荡的躯壳
还活在这荒凉的人世上

（原载《草原》2024 年第 1 期）

棉　被

◎小　风

有人放孔明灯，燃烧鱼腥味的空气
我们在水面相爱，影子比江堤远
那爱情的尽头就什么也看不见了，你说。
昨天我们一起买了菜，在深秋的屋子
待了一整天，你的脸贴着我的脸
鼻子挨着鼻子，在彼此的呼吸中活着
这总归是幸福的吧，我们的生活
只差一张冬天的棉被
我们躲在里面，就能收获鲜花和鱼群
天冷一些的日子，我们在厨房
计划新季节的开销，摆弄摆弄绿植
春天的自留地

燕子离开了没有预告，气温一天天下降

这些并不影响我们活下去

古早的驼铃也不能将我们惊醒

这总归是幸福的吧，我们的生活

只差一张冬天的棉被，亲爱的

抵达长堤的尽头就能看到它，孔明灯

升起又降落

有人在上面写"永远"，永远

永远是熄灭。我们只能沿着黑暗走下去

抵达春天，那时你会收获鸟和气球

（原载《星星·诗歌原创》2023 年第 12 期）

蓝色的椅子

◎小　西

我曾经拥有过许多椅子

有的精致，有的腿部受了伤

坐在植物中间的是一把

蓝色的椅子

我数次将疲惫的身体

扔向它。它用沉默承受着

我的沉默，叶片迅速在它

周围生长，梦境也是

当我从扶手的环抱中醒来

零碎的记忆拼出了一匹马

我允许它在掌心里长大、奔跑

并在雨夜里，为它虚构

一个善良的额头

（原载《人民文学》2024 年第 1 期）

海边的旧楼

◎小　西

每次路过那栋旧楼

都感觉充满了荒寂、悲伤

这一次我终于明白

悲伤的不是它

而是看守旧楼的老人

他每日站在锈迹斑斑的栏杆前

看着海水朝自己不断涌来

那是一种庞大亘古的事物

对渺小个体的磨损

（原载《人民文学》2024 年第 1 期）

安 福 寺

◎肖 水

那时他已是寺里的知客僧，引人，登上高高的藏经阁。
远处，大殿的鸱吻更像两簇相激的金色火焰。他并不
望向我。院墙下有修竹，落在岩石之间，初上的月亮
白得有些阴沉。他关上殿门，木头与木头只发出响声。

（原载"异物山"微信公众号 2023-12-31）

齿 轮

◎肖佳乐

对待凝固的永恒
从一片密闭的空间
到被机械定义的生死
那种空，足以撑得起一根羽毛
在静止的瞬间拨动万物的发条

或许，正如被咬紧的刻度
那些神经，幽蓝如冰

发丝一样的韧劲将黑夜驮起

而这，只是一个夜晚，失眠的症状

无数的黑眼圈，仿佛那根未熄灭的烟蒂

正抽动褪色的玫瑰

生活如同镜像一般

拼凑，又自我解构

直到彻底意识到：

你的不幸正和痛苦吻合

而，黑色的幕僚，正伸手：

声音一点点地，扶正生活的齿轮

有时，我想

左手边的苦难，用右手亲自种植

（原载《时代文学》2024 年第 1 期）

南 京

◎谢　君

梧桐树说我在

不用忧虑

喜鹊听到了

点了点头

目光转向远处

细雨中

我又到了南京

红绿灯也藏在

温柔的桐叶里

梧桐在说

喜鹊在听

一座孤寂的

青砖洋房没有声音

遥远的时光

像一个再也

不响的电话

遥远的往事不要打开

除了遥远什么也没有。

（原载《扬子江诗刊》2023 年第 5 期）

我看见幸福

◎辛泊平

你瞧，最讨厌的笑容我已经拥有

最反感的修辞我已经习惯

没有人举起大棒，是想象

把大棒交到我手中

你瞧，那么多人都交出了自己
甘心情愿——那么多人都守护着自己

我看见幸福，沉默是最后的表达
我看见我面对它时热泪盈眶

我热泪盈眶，为我的沉默
为我在父母的眼里长大成人

是的，我已长大成人
不再纠结是非，不再回忆青春

你瞧，我开始借助一杯酒回到故乡
回到我的懵懂和羞涩

回到我不敢想象爱情的年代
回到我试探着端起酒杯的地方

我看见幸福正朝我走来
我看见幸福正离我远去

你瞧，我不过依然站在原地
不解尘世，看人来人往

（原载《当代人》2023 年第 12 期）

春天的浑河

◎星　汉

浑河不浑

她是清的

不信你就掬一捧看看

再不信你就划一只小船

到河心看看

看看河底的水草

看看那些恋爱的鱼

浑河有多宽呢

当我爱上对岸的一个少女

阳光有多宽

她就有多宽

夜晚有多宽

她就有多宽

思念有多宽

她就有多宽

现在是阳历的五月

农历的四月

比河水汹涌十倍的油菜花

在两岸汹涌

一个放蜂人就在那样的花香中

枕着蜂箱睡着了

而他的女人

正用身体里的蜜

奶着孩子

这一情景将让我牢记

将让我在另一首诗中

反复地写道：

幸福竟那么轻易地

使沉重的生活变轻

（原载《满族文学》2023 年第 3 期）

我独自生活

◎徐　晓

我独自生活，在炙烤的孤岛上

三万个哑然时刻，也不过一瞬

天空又长高一寸，草木渐深

我在这儿藏身，从寒冬到未知时限

劳作着，劳作着……

在欧洲的印象派油画里，遇古人宴饮

文明之光，语言丰收的稻田

擦亮孤寂中滴落的汗珠

闲暇时误入池中闹剧

观赏他们表演着我们善良优秀的同类

被迫成为荒谬的同谋

轻轻拂去落到头顶的重量

再也没必要抵抗。让时间无视我

去习惯这无尽的暗夜

像再也开不了口的哑巴，也曾发出独特的呼喊

我独自生活。并不是他们的同类

（原载"高密作家"微信公众号 2024-01-09）

俳句：致蜗居

◎徐俊国

第一天，观察孔雀鱼。

第二天，研究昆虫，想到避债蛾。
许多事，要避的。

每天，对着镜子说"早安"，
孤独得险些脱臼。

昨天，早睡，睡不安稳。
梦见护士妹妹
教我识别梅花、桃花和樱花。

晨起，花枝入窗。
一米的距离，恰恰好，
既礼貌，又有分寸感。

这些天，数字在爬坡。
钟摆很吃力。曲线成为地平线之前
如死神弯腰捡镰刀。

田野里，那么多树，
世界上，那么多人，
何时转过身来？阴湿的
那一面，见见阳光。

哪一天不是同一天？
有人向外求救，也有人
向内鞠躬。

（原载"特区文学"微信公众号 2023-04-18）

我放松自己像点燃漫天烟花

◎徐玉娟

想起你

被车子慢慢推向火化炉

想起我追赶了最后的几步

那一刻，你是灰烬

我是一面抽泣的墙壁

那一天，你像烟花易冷

我是那瞬间暗淡的夜空

有多少绚烂的时辰，在人间说熄灭就熄灭了

当月光簇拥着我

我突然放松了自己

就像天空

终于放开了一颗悲伤已久的流星

（原载"诗探索"微信公众号 2024-01-23）

再老一会儿就到站了

◎徐占新

为了延长相聚的时光

新诗选 2024

春

187

我们踏上了一列慢车
——我这样安慰自己

车厢内，时间有万千化身
抹了番茄酱的鸡排
饼干口味的烤蛋糕
一本等待打开的书
一个三岁孩子的笑声

我相信还有更多事物
正在以时间的方式流逝
比如窗外的山和树影
比如刚刚我们交谈的内容

轻微的晃动中，身边的同伴
用意念唤醒了各自的倦意
有人闭上眼做梦
有人睁着眼做梦

返程的路总是遥远
须用新的能量才能抵达终点：
等我们再老一会儿
就到站了

列车驶向一座山的时候
日子突然就开始了彩排

上一秒是白天

下一秒是黑夜

一个身穿白色羊皮袄的牧羊人

守在隧道出口

看着我们缓慢地通过

很幸运，他手中的鞭子

始终没有落下

（原载《都市》2023 年第 11 期）

忆春节扫墓

◎许　承

多年前，我和爷爷去扫墓

小路上的人断断续续，低着头

从我们身边经过。

我记得，黄昏有些灰白

爷爷拉着我的手说

坟就在自家麦地里，埋着。

夕阳朝身边的碑文洒去

路却越走越黑

林子里，每一棵熟悉的柏树

都开始陌生起来。

穿过一片荆棘，走过窄长的上坡路

我看见，数以万计的纸灯笼

在树林中发出微光。

记得那时，爷爷攥着我的手

像拉起一把犁头，朝路西边走去。

在一处平整的地方

我们焚香，烧钱，在地上画圈

多年后，一个人身处异乡

常会在夜晚朝窗外看去

这灯火万家，正如往事通明。

（原载"望他山"微信公众号 2023-12-31）

春　天

◎薛松爽

巨大的冰块已经开始融化

但仍保持一个完整的形状

解冻的部分露出孔洞、柴草、尘土

父母仍居住在四面敞开的屋子里

因迟缓而能看清楚每一个细小动作

他们每说出一句话，一个词，口边

就冒出一股热气，又马上成为冰块新的

一部分。我看到母亲在衣角上写字

父亲套上棉衣，独自来到院子中间

去看那冬天塑出的一匹匹跪着的残损的

马：掉头颅的，失落蹄子的，仅余

一具躯体的，分不清死去还是依风站立

他抚摸它们。蹲下来，成为另一匹

（原载《诗歌月刊》2023 年第 11 期）

有后缀的时间

◎崔丽娟

一枝玫瑰花，一段爱情

谁会更为长久？

问月亮，它羞得躲入云层

镜子里真实的影像

总是相反

时间，都有后缀

比如皱纹，比如青丝变白发

比如握在她手心的半把木梳

断了齿。又比如

妆台胭脂渐失了颜色

低头向那枝枯萎的玫瑰

也向被时间遗忘的后缀

爱情，尽可用来虚构命运

你正用了半生的笑

我反用了半生的哭

一阵鼓点紧擂胸腔，咚咚咚

敲响生命最薄的那堵墙壁

按压奔突狂跳的心脏

我将浪漫，热烈，深情

储存进爱情坚固的金库

玫瑰花忘记绽放到枯萎的过程

矜持击败了行动，虚无认领了思念

你在天街，打着——灯笼

我在云中，折叠——纸鹤

仅需一个动作便能测量出

心与心，无限的远与近距离

（原载《诗潮》2023 年第 11 期）

艾草，艾草

◎雅　北

艾草灯笼熄灭前，早晨梳洗头发

黎明以后，阳光蔓延

我看见平整的田野

冒出柔绿，像风吹褶皱的山坡

草缓慢生在密集的灌木丛

我们要去的林子，终于亮了

和过去相似，麻雀传来

伐木的斧子声

父亲老了，他熟练地扔下斧子

坐在树桩上，数着年轮

命运在他的指尖伸出春天的花

（原载《山花》2023 年第 11 期）

哭 灵 人

◎闫宝贵

披上孝袍，你的心就空了
天地就开始变了颜色

棺材里的亡人
与你没有任何亲戚关系
你却捶胸顿足，大放悲声
把自己哭成世上最疼的人

有时候你是父亲，有时候
你是儿子、孙子——
让落日红着眼
看着这出丰富的悲剧

直到丧主把用白包裹的红
放到手上
他才感到该曲终人散了

脱掉孝袍就像卸了戏妆
悲凉却在悄悄给命运塑形

（原载《诗庄稼》民刊 2024 年春卷）

夜晚遇见一只蜗牛

◎杨犁民

它的触角，肯定是世间最敏感的天线
此刻，正和外星沟通信息

婴儿般的肉体，比一颗心，还要柔软
令钢铁，也不忍砸下，不敢坚硬

每一步，都小心翼翼，闻嗅
试探，缓慢地蠕动
仿佛宇宙，也要替它停止运转

但它也有硬硬的外壳，拖着它
像拖着沉重的命运，分不清
哪部分是肉身，哪部分是灵魂

这个繁星满天的夜晚，我和一只蜗牛相遇
构成一个重大事件，庭院，一下子
宽阔几许，星空也因为一只蜗牛，成了
一座更加宽阔的庭院

微风吹过一根草茎，有轻微的战栗

（原载《西部》2024 年第 1 期）

我成不了一个放羊人的原因

◎杨启文

看那高高举起的鞭子

轻轻放下

看我把野外生出的小羊羔

抱在怀里

那时阳光刚冒出山尖

它们一路吃着青草

露水未干

它们低头吃草的样子

咩咩叫喊的样子

我很喜欢

它们啃噬过的那一趟阳光

石头缝里的盐

我也很喜欢

如果我在凉荫处睡着了

它们也会在不远的山坡上

等候我

那是很多年以前的事情了

我已远离羊群

偶尔还有机会向它们靠近

它们也会抬起头

但目光是陌生而警惕的

大约我身上

已经闻不到山野青草的气味了

（原载《滇池》2023 年第 12 期）

唐克镇之月

◎杨献平

月亮就要合拢，我内心灼热

小镇上已没了灯光

后背似乎被撕开，那么清澈的黑夜

一些光，从天庭，刀子一样杀入

我的良心。这世上我爱的人很多

伤害过的也有几个

上弦月之夜，我把自己晾晒

这一刻，灵魂被剖开

里面的黄河，九曲回肠，里面的人间

马蹄提着血浆

（原载《诗林》2023 年第 6 期）

新诗选 2024

是的，春天来了

◎姚　彬

房子发芽了。房子里的木头

家具都发芽了，

书橱的嫩芽钻进书里，

茶几的嫩芽穿越茶水。

铁和磁略显孤独。

你说万物复苏，房产的春天来了。

我说是房子的春天，

房子在发芽。

我说元宵快乐，

你说不止元宵，天天快乐。

快乐是一个庞大的产业。

春天来了，

我的身体里跑出万物。

（原载《山西文学》2023 年第 11 期）

在 农 场

◎游　离

小时候，在农场

我做过一个梦

梦见猪飞上了天

大半夜的

我被这奇异的梦

惊醒

我当然不相信

梦里的事

但我还是不放心

我起床

拿过手电筒

跑到门口的猪圈

看看

果然空空如也

猪圈，猪圈后的竹林

以及

整个乡村

笼罩在夜色中

那时的夜

浓黑，而且清凉……

（原载《诗庄稼》民刊 2024 年春卷）

新诗选 2024

驻足谛听

◎余 怒

一生中我有过诸多
完美的化身，在不同的场合。
自行其是的少年身，
神游忘返的老年身。
假装爱着那一阵阵虚妄。
而自我醒悟的时刻，是在
一所山间小学的教室外面，
当我驻足谛听那童稚的读书声，
忘了我曾是一名厌学儿童，
曾坐在那儿，仪式般地
动着嘴唇，假装发出声音。

（原载《安徽文学》2024 年第 1 期）

戏法集市

◎余 退

第一晚，我回到了戏法集市那位
小男孩的月光里：铜锣三鸣

街边人群围出无形的圆圈，我挤到

最里排，盯着垂落的黑色遮布

所罩住的道具，看中央的中年人

从绅士帽里取出扑腾的白鸽

我喜欢那只表演倒立节目的老猴

它戴着墨镜，蹲在电线杆下

啃食苹果，像是早已看惯了一切

它了解各类危险，比如中年人

手持木棍所裹藏的柴油。中年人仰头

用嘴熄灭了木棍上熊熊燃烧的火焰

他拥有一副既苍老又新鲜的喉咙

开始百灵鸟般推销祖传膏药

卖掉几把合金菜刀后，人群散去

留下一座空祭坛，我转头看向

路灯下忙着收拾道具的人影

突然理解了第二晚我为何又回来

——回到中年人肥胖的体内

敲着铜锣，虔诚，又带着邪气

（原载《广西文学》2023 年第 12 期）

故　乡

◎余　真

儿子托货车司机把我送回家乡

新诗选 2024

这不是我第一次乘坐货车

很多年前我和其他工友

在夏夜拖着机器拖着吃饭的行头

坐在货车车厢，吹着风

风慷慨大方，把我们吹得快乐

那些善意或者恶意的目光

也被吹散了。货车的尾箱可能装过生猪

可能装过麦子麦秆，可能装过

像我这样不算如意的人

月光亮堂堂的，照得地面发白

那么多静谧的晚上，我都是一个平静的好人

我去过四川去过陕西去过浙江

为很多城市幸福的家庭和不幸的四壁

全款或者按揭的房子，长租短租的生活

添砖加瓦过。现在我集中在这个木盒子里

我活了几十年像故乡的大雾一样飘散

但是现在集中在这个木盒子里

和我从未改变的乡音一样，集中在这里

再没有什么美好的生活和物质的追求

让我可以舍弃自己而离开

我回到这里了，我是个善良的人

我的朋友们已经杂草一片

我也很放心做一棵好的植物

（原载《北京文学》2023 年第 11 期）

在 极 端

◎宇 向

诗非意识

形态。诗上中东

非沙场敌我

诗从不分民族

诗多半是速度

躲闪着速度

极端中诗是

笼中小孩

还未学会挣扎

在吃力，在爬，抓找着

而笼外笑着，凶险地

诗是战争中

吓懵的小孩

要暖他多久

才哭出来

张大嘴巴，给你看深处

人类起初的漆黑

才一声接一声……一如这悲哀

人人有份

诗是一团幸存的小孩

颤抖、失语

是一个具体的幸存的小孩：

灰白弹灰眯了眼

遍身灰白，挨着灰白断树

腾起灰白

分不清夜光还是战火的光里

诗是"在"每一个"孩子身体上写下名字"

诗是擦洗干净，搂进怀中

猫咪瞬间通晓了一切

暖绒绒，拱过来

脖颈搭脖颈，脸贴脸，闭了眼睛

咫尺定格

在极端中诗是

站不稳的孩子

遗失亲人。世界就此截断

是找着

婴儿的手那样找

是陌生的荒芜里

仅剩晃在胸前的奶嘴

低头

吮吸着

（原载"英特迈往"微信公众号 2023-12-06）

空 舞 台

◎宇 向

你准备用一次远足去拮抗

三年的封闭日子

因此就要去偏远之地

就要过深海

尽量少花钱

既是一个年老之地

又要现代

有一间音乐教室

一座小教堂

在地图上

很难找到它

2023 年 3 月你回来

花光了钱

有四张图片专门给我

你找到你要去的地方

有一所古老的大学

在乡间市场上

用群青色衬布展示

取名"工人"的音乐系

第二张，第三张

是无人的排练厅

玻璃窗离地三米

五条窄长光束，没有彩绘

第四张是你在大厅后排最高处拍的

空舞台

弱光中泛着木质色调

像一大块旧黄铜

或一件方形琥珀

舞台周边有厚实的隔音壁

敞向空的观众席

和拍照的你

最早的老观众已不在世

这朴实的音乐厅又古旧又坚实

空气中一缕细流在振

在回旋

一架三角钢琴

在构图里

风化的，死亡的

敞开着它的白骨

多此一举，又必不可少

（原载"英特迈往"微信公众号 2023-12-06）

短　句

◎宇　轩

洗过拖把的脏水还能洗碗吗

洗过鞋子的脏水还能清洗新鲜的蚕豆吗

当我目睹老母亲用那些脏水

洗她自己的饭碗

洗她刚摘回来的蚕豆

我像呵斥孩子那样批评她

让她难堪

现在我记起这件事

猛然觉得老母亲是要在提醒我

那些水是干净的

脏的是碗

是鞋

是我们病入膏肓的一生

（原载"三味诗文"微信公众号 2023-12-08）

唯有灯火金黄

◎玉上烟

我爱傍晚的灯火

我盯着路边的窗户

一连几天都这样

那么专注

一扇灯火，然后另一扇

像夜里行驶在田野里的一列列火车

或许

每户人家都有离开的旅人

这让我想起

离开家乡时的那一年

我走了，孤身一人，像匹小马

透过橘黄色的窗户

我总感觉

有人在看着我

冬夜的风一阵阵吹过

置身异乡的马路边

我不时回头

身边是飞驰的卡车

而我又将去往哪里

庸常的时光

唯有灯火金黄，令我温暖而恍惚

（原载"诗与画"微信公众号 2023-10-29）

废弃工厂

◎袁佳运

塞北土地上的建筑残骸

红色墙砖上的灰，被风不停地吹

有的进入庄稼地，有的进入水泥路

但是这建筑依旧没有倒塌，他的历史是太阳的模样

人间气息曾在此沸腾，那时候

肌肉与钢铁，黑色的皮肤紧靠夜晚

携手走入明日的艺术品

劳作的声音是林间的鸟鸣

带着回家的讯息与喜悦

劳动就是故乡，就是故乡清澈的井水

但有时候，倒下就是一句话的事儿

离别的步伐在清晨中延伸

工具被带走，劳作被带走，只留下空空的屋子

如今住满时间尘埃，铭记它的人几乎都

离开人世，不了解它过往的孩子在里面玩着游戏

那里的灰尘，是令孩子父母厌恶的污染物

洗衣机也无法彻底清洗干净，没人认识

灰尘中的过往，没人费力挖掘这段书本忘记的岁月

也许那段岁月显得过于粗粝，如同粗粮

夜晚，孩子也离开了废弃工厂

红色墙壁慢慢褪去灰尘

灰尘落地化为眼泪

漫漫年岁，何时是头

大风吹着，等待着红色墙壁彻底消失的白昼

（原载《星星·诗歌原创》2024 年第 1 期）

丢失的斑鸠

◎曾　烟

很久以前，母亲丢失了一只带着项圈的灰色

斑鸠，它在播种谷子的前一天夜里

挣脱笼子，飞走了

后来，它常在午后的树林里鸣叫

惊醒梦中的母亲

这一次，在母亲的墓地

我们填土，烧纸，忍住眼泪把混在泥土中多余的

枯草拣出来

以防母亲的房子漏进雨水

活着的人担心的事在死去的人那里有着同样的真理

在等待纸灰燃尽时，斑鸠低沉的叫声再次

传过来，穿过灰色的云层

停在树梢上

像一个伤心的孩子

（原载《草原》2023 年第 11 期）

槭 树 下

◎曾 烟

一场晨雾刚刚散去，槭树的颜色加深了一些

树干清晰

像是故意把鸟儿引来，带走去年的果实

那些仍在枝头摇摆的翅果，不再金黄

雨水，早已给它镶了

黑色的边框

着了雾，长了翅膀却迟迟没有起飞的果实

仍发出哗哗的声响，仿佛有一双大手

拂过金币，拂过时间之琴

在叶片中间匆匆掠过

没有人惊慌

仿佛一切消逝的方式都变得可以接受

（原载《草原》2023 年第 11 期）

煤山雀的生活

◎曾　烟

夜里下过雪，年轻的卫矛树披了
一件白纱，枝头密密的果实像嵌上去的红宝石
去年它仅仅结了十余枚果实，羞怯地在枝头
　　闪耀着
如今，它能养活一大群煤山雀了
为了接近鸟儿
它也学着人们给黑羽毛的鸟儿取了名字——煤球
这个调皮的名字，让它笑得抖起来
红果实扑簌簌落了一地——
"也不想想鸟儿是用不到名字的"
那些闲着没事的人才会四处打听
一只鸟儿衔走了一朵花儿的心事

灰喜鹊也常来采食，这时候煤山雀就飞到另一棵
稍远一点的山丁子树上
在枝条的最高处，尾巴一甩一甩的
看不清它窃笑的脸

一只煤球一样的鸟儿

怎么会轻易让人看见它的生活

（原载《草原》2023 年第 11 期）

山中手记

◎张二棍

从树阴中获得的片刻欢愉

很快，就散失在烈日下

而疾风吹走的疲惫

又从涟涟雨水里，正一缕缕复返

他穿着墨绿色的雨衣

在羊肠小道上，踉跄前行

……我也曾有过，这样狼狈的时刻

我后背上的疤痕，膝盖里的隐痛

一双如踏针毡的脚踝，都替他

记录着，山中彳亍的艰险

而我身体中，六亲不认的痛楚

也一定，像滴血认亲般

蔓延在他的肉身之间。想来

我与他患难多年，都已深谙

一个行走在荒野中的人

该如何摸爬着，走出凄风苦雨

抵达一道彩虹之下，等待着

被它摸顶，赐福……

（原载《飞天》2023 年第 12 期）

旧 书 摊

◎张新泉

旧书在黄昏时出来

旧书不喜欢强烈的光线

一个一个的摊前

围着一堆一堆人

人都蹲着

书都躺着

暮色大网般落下来

罩在书摊上

罩在看书人身上

这时候你就分不清

人与书谁旧谁新了

这些年风把书吹得不成样子

这些年许多书刚出来就旧了

书店与书摊

不再有差异

唯一不同的是

在书店时你显得庄重些

而遇到旧书摊

你就很随和地

蹲下来……

（原载《扬子江诗刊》2024年第1期）

我只是想记下一只鸟夜鸣

◎张新颖

我只是想记下一只鸟夜鸣

在酒店房间对着的那片树林里

弗罗斯特说　现在　关了窗吧　没有鸟叫

我打开窗　去听风

汨罗江畔　屈子祠旁

鸟鸣声越清晰　四野越旷远寂静

当年这声音也持续在屈原的夜晚

他被自己的忧愤困在里面　没听见

我不懂怎么记音　　笨拙地用字母模拟

接近于 in theatre——in theatre——in theatre——

这声音把房间的生疏变得亲切

我睡着了　　它把睡眠变得安稳　　明净

（原载《中国作家》2024 年第 1 期）

阿尔娜西的心事

◎张映姝

娜西打的馕一天能卖出五十个

有时候一百个，甚至一百五十个

娜西每天做十几公斤地道的哈萨克酸奶

还做一份清洁工的工作

娜西那么忙，没空儿想怎么也想不明白的心事

没有游客的冬天，娜西依然忙碌

天山的雪有多白，她擀的羊毛毡子就有多暖

娜西的彩毡绣活数一数二，那是妈妈鞭打出的疼痛

天山的雪有多厚，她的心就有多热

娜西那么忙，晾凉了她的心事

——那么忙。忙着做婆婆的好儿媳

做赛力汗的好妻子

她用了二十多年的忙碌，驱逐

一个永远不能降临的婴儿

排空身体里疯长的母性

——她找不到更好的办法

忙，让她远离自己

又回归自身。她结出一枚果子——

她，等于她自己

（原载《诗林》2024 年第 1 期）

生如羊倌

◎张远伦

刑不上羊

它们是我的贵族，鞭声响亮

不过是在标示

一群高山羊的领空

绝不把痛楚，施加于落单羊

它不过是后腿有冻伤

牧场无需围栏

远远的地平线就是

把辫子河流域系在双角上

完全不需要辨识方向

绝不把自由，定下边界

草原的尽头还是草原

羊倌不止我一个。落日倦了

还有繁星

我老了，还有你

（原载"一见之地"微信公众号 2023-11-27）

困 兽

◎张远伦

老牛下跪。貌似向神灵臣服

降低自己，曲身接受

不存在的怜爱。向上天

伸缩脖颈示好。摇晃双角

迎接一切放大的虚无

和缩小的圈套。它佯装温顺

大口喘息，以为遵从命运

和别人的旨意，就能卸下枷锁

连续负重三日，大岭的冬土

才翻了一半，无穷尽的折返跑

让这只困兽眼里含着

方圆八百里最慑人的泪光

而她的犊子，正在被红透的铁钉

穿过鼻桥，巨大痛楚

令他挣扎着转圈。那年

我也被南墙撞回原籍

我们相似的成年礼上，火星明灭

从此我向存在发声时

都有很重的鼻音。让人误以为

我的语言来自那头黄犊的哀鸣

（原载"一见之地"微信公众号 2023-11-27）

叫 声

◎赵雪松

活过大半生，

有许多声音逐渐喑哑、丢失，

唯有羊的叫声不灭。

那是一只小羊

挨饿的叫声，

在一片空旷里迷路

找妈妈的叫声，

被牵着走向餐馆的叫声，

我一直搂着它写作、活着。

（原载《扬子江诗刊》2024 年第 1 期）

庭　院

◎郑茂明

从厨房到庭院，十几步远
整个过程她的背影是缩小的
步子碎而沉重，仿佛左手提着半桶水

她在找东西。因时常忘记
找什么而喃喃自语
要做的每一件事情都是缓慢的
有东西却在命里催促她

晚饭后她偎在一把老椅里
打盹儿。电视在响

从庭院到厨房，一个春节
我都在打量一个女人衰老的细节
她开始活在时光的漏洞里

始终像在找一件东西

夜里，我睡在她身边
她停下了找寻——
我不在她的遗忘里

（原载《诗刊》2024 年第 1 期）

时间的花朵

◎周　籁

碎冰蓝的小雏菊，金色麦穗
小芦苇，狗尾草，薰衣草
满天星，虞美人，勿忘草……
还有一些叫不出名字奇异的花朵
她们在广袤的原野，迷乱盛放

原野安静得，仿佛可以听见
花匠浇花的声音。四周空无一人
在我与风之间，是鲜花奇艳
是雾色苍茫，是脚下厚厚草滩
深一脚浅一脚地蜗行

我采撷了满满一抱花朵

挟在腋下。我看见自己

靠在一棵棕榈树下做着梦

远远瞥见，那个腋下挟着缤纷的

时间花朵的女子，缓缓走近

我对她说：你抱花的姿势，真是美极了

（原载《诗潮》2023 年第 11 期）

橡　树

◎周瑟瑟

一个胡须花白的老人在砍一棵橡树

我能猜测到他粗布衣下健壮的骨骼与肌肉

他一斧子砍下去，橡树受到了致命的震动

橡树皮翻开露出橡树的肉体，我惊讶于老人的力气

我更惊讶于一个小孩在他身边同样举起一柄斧子

小孩完全是老人的翻版，只是胡子还隐藏在未来

小孩满头大汗，累得气喘吁吁，橡树不在他的控制下

这是一棵成年的橡树，他需要更多的耐心来对付它

老人轻松自如地一斧子一斧子砍着，橡树成了他的玩物

我说您是在教您的孙子吗？他的力气还不足以让橡树震动

老人弯腰再次劈下一斧子，橡树哗哗倒向山坡
橡树滚动时天空随之翻滚，小孩子停下斧子张大嘴巴

爷爷的骨头好硬呀，小孩说
我的肌肉好像松动了，但很舒服，爷爷说

小孩的那棵橡树还耸立在山巅
他需要使出更大的力气才能击倒它

（原载《红豆》2024 年第 1 期）

空 山

◎周卫彬

这破碎的方式小心翼翼，就像华丽的悲哀
也会让人忘掉悲哀，可怎会有
这么多白发，刀锋在清算着什么
老气横秋的皮囊，桃花落尽空山
不能激怒什么，也不能抹去牙印
不如在天黑之前，像个两手空空的学徒
在草堆上多待一会儿，或在凌晨一点的头痛中
给她轻轻掖上被角，一切都不会变

就像当理发师说下雨了，篝火就被吹灭了

满地的碎发，隐士走出房门

他忽然想起菜场那个杀鱼的女人，精确如外科大夫

那些内脏零落如花，却无人埋葬

（原载《诗歌月刊》2023 年第 12 期）

那年夏天那个雨天

◎朱　未

绿色的光从木门透进来，母亲

捏着火柴棍给我掏耳朵。

我趴在母亲腿上——来到此生是那么幸福。

妹妹捧着一本书在读，像一只松鼠

抱着珍贵的橡子。

那年夏天，父亲很久没有回家，母亲

说，他开着车去了有米酒和野花的南方。

院子里，樱桃树挂满了红色的果子，随着微风晃动。

鸣笛声从公路传来，我抬起头。母亲

说，那种节奏不是父亲与她约定的暗号。

雨停了。

河流发了大水，一些

无法命名的事物，在水面上起起伏伏。

过了很多年，我才终于理解了

那个雨天的意义。

（原载《诗刊》2023 年第 24 期）

还要继续走上一段土路

◎朱庆和

在一个备感富有的晚上

我去探访一个朋友

这位朋友一贫如洗

他住在一条听起来很拗口的街上

马自达突突叫着朝前行驶

随和的司机显得很热情

他不断地问这问那还问到了这位朋友

我有权利让他知道

不管我是否要回答他的问题

最好是闭上他的臭嘴

但是我多么喜欢他蓬头垢面的样子

和他一出口就随风而去的粗话

他在我想象中成了另一位造访者

道路已不再平坦，颠簸之中

他说他没想到会有这么远

没想到还要走上一段土路

因此他郑重地提出一定要再加五毛钱

我乐意他这么做，而此刻

就在此刻——我只相信

那位所谓的朋友住在虚无的深处

（原载《诗潮》2023 年第 12 期）

雪后偶得

◎朱永富

答应过孩子，每年冬天

给他堆一个雪人

所以我捂着受伤的食指，铲雪，刮雪，捏雪

今年的雪，有点糠

怎么捏，也捏不成想要的形状。仿佛

受伤的不是手指，而是雪

一滴滴殷红的血，滴在雪上

孩子很着急，挥舞胖嘟嘟的小手

问我堆出来的雪人

是不是也会受伤？其实我没告诉他

清早我遇见过真正的雪，白茫茫一片

那时，道路还没有淤青和折痕

只有光

当你和一张辽阔的宣纸相遇

你甚至不知道该在上面

写下什么字。寒风举着刀子割你

但你看不清楚它在哪里

踏雪无痕是武侠的事，在空旷的雪地

你会遭遇世界上最旷远的孤独

那些来来回回的脚印，已找不到

自己的主人。

（原载《山花》2024 年第 1 期）

我想念父亲了

◎祝宝玉

我想念父亲了

刚才树下的小鹿转过头来看我

它身上开着淡紫色的土豆花

那是一个五月，我没有通知父亲而突然归来

他在土豆花里伸直腰板，让我先回家

不能同行吗？肩并肩

或一前一后

是因为贪活，还是这般故意为之？

我的眼泪流下来后，小鹿带着迟疑离开了

又是一个五月，土豆花只开在那座新鲜的土堆上

（原载《星星·诗歌原创》2023 年第 12 期）

橘 与 枳

◎祝立根

橘生淮南是橘

去往云南的那一枝

消失在大雾溢出的山谷

许多年后，踏春的人在山谷深处

听见有人在唱歌

哪里有酒哪里醉，哪里有床哪里睡

终于变成了枳

一种低矮的灌木，耐寒、喜光

果子酸且苦，他们唱得那么开心

哪里有酒哪里醉，哪里的土儿都埋人

我是他们的后裔

身上结着又酸又苦的果子，一丛灌木

又有着风吹雨打、心向光亮的

乱枝满身

（原载《十月》2023 年第 6 期）

铸 戒

◎祝立根

厨娘们拿出了收藏的断勺

绣娘捧出了秃针，那一个

月光里的傻姑娘，已经老去

手心里还攥一枚生锈的月亮，我还见过

村里唯一的，长发飘飘的男子

摸出了一把单车的气门芯……即使贫穷、

疾病、孀居，即使无声无息去死

他们也想要拥有一枚戒指，那种亮闪闪的

淬过火的日子，那种无用的

星环般的舍利子，而不是风化的

空荡荡的，泥土捏的无名指

（原载《十月》2023 年第 6 期）

春 风 抱

◎祝立根

如果伤口一直在哭泣

请给它一阵情人般的春风

如果砍刀还留在伤口

请给它母亲般的春风

如果春风不停地吹呀吹

所有的弹头、铁链，隔离栏和铁屋子

就会绣满怒放的黑玫瑰

……我见过春风一夜之间满身黄花

轻轻覆盖了孩子的坦克车

也相遇过，春风衣衫褴褛，怀里

紧搂着破碎的摇篮和墓碑

（原载《十月》2023 年第 6 期）

在 庭 院

◎宗树春

太阳落下去了，暑气稍散

庭院中，一张餐桌上坐满了家人

豆角躺在盘子里，没有采摘的

在屋前菜地的竹架上悬着

还有我最爱吃的水煮茄子

这些年，我没有吃到比你做的

更好吃的了，母亲

满头大汗，院子里也并不比房间

更加凉快

黑色的蝙蝠在头顶飞来飞去捕食

妹妹早早吃完了，蹲在小花园边

采凤仙花的叶子

"这个用来染指甲，可好了"

我看到旁边的一串红和鸡冠花

像一团火

记忆仅仅提供给我这些——

一场温馨的闪电般的梦

当我成年，在远离家乡的城市

在有空调的客厅和妻子一起吃饭

我从不会想起这些

我们再也不用为了省电而去庭院

可是妹妹，去年整整一年

我和你通过几次话？我不记得了

我想，我也辨认不出

那些曾在庭院上空闪烁的星星了

它们早已悄悄变更了自己的位置

（原载"追光者诗刊"微信公众号 2024-01-19）

青 草 地

◎邹黎明

风筝在风中，飞久了

就活了，变成一只宠物

你会跟我一样相信
赋予它生命的
不是风
而是孩子们，源自内心的爱

青草地，看似平静
实则过于忐忑
它要随时准备好，接住一个孩子
奔跑中突然地踉跄

而那个小女孩，举起
一颗草莓
春风经过时，便有了甜甜的心脏

（原载《中国校园文学》2024 年 2 月青年号）

新诗选

2024

夏 卷

陈 亮◎主 编

《诗探索》编委会◎编

中国言实出版社

图书在版编目（CIP）数据

新诗选.2024年:春卷、夏卷、秋卷、冬卷 / 《诗探
索》编委会编;陈亮主编 .-- 北京:中国言实出版社,
2025.3.--ISBN 978-7-5171-5076-3

Ⅰ.227

中国国家版本馆 CIP 数据核字第 2025GE2773 号

新诗选.2024.夏卷

责任编辑：王蕙子
责任校对：代青霞

出版发行：中国言实出版社
　　　　　地　　址：北京市朝阳区北苑路 180 号加利大厦 5 号楼 105 室
　　　　　邮　　编：100101
　　　　　编辑部：北京市海淀区花园北路 35 号院 9 号楼 302 室
　　　　　邮　　编：100083
　　　　　电　　话：010-64924853（总编室）　　010-64924716（发行部）
　　　　　网　　址：www.zgyscbs.cn　　电子邮箱：zgyscbs@263.net

经　　销：新华书店
印　　刷：北京铭传印刷有限公司
版　　次：2025 年 3 月第 1 版　　2025 年 3 月第 1 次印刷
规　　格：787 毫米 ×1092 毫米　1/16　59.25 印张
字　　数：680 千字

定　　价：240.00 元（全四册）
书　　号：ISBN 978-7-5171-5076-3

本书为首都师范大学中国诗歌研究中心规划项目成果

编　　选：《诗探索》编辑委员会

顾　　问：谢　冕

名誉主编：林　莽

主　　编：陈　亮

编　　委：谢　冕　　林　莽　　李抪平　　李　怡
　　　　　刘福春　　冯国荣　　陈　亮

学术支持：中国当代文学研究会
　　　　　四川大学中国诗歌研究院

目　录

（以作者姓名首字拼音为序）

新诗选

2024

夏

新诗选 2024

夏

新诗选

2024

夏

新诗选

2024

新诗选

2024

夏

新诗选

2024

夏

新诗选

2024

夏

新诗选

2024

夏

新诗选

2024

我在等谁

◎阿 吾

我在等谁

我在这里已经等了半个小时

少数时间坐着

多数时间站着

表明我长久期待的心情

夹杂短暂的倦怠

这是一个丁字路口

两条大路交叉

有三个方向可以到达我的位置

起初我注视南方

望不到尽头的高楼大厦中间

车辆川流不息，行人摩肩接踵

接着我注视东方

车比人多

然后我注视西方

人比车多

我就这样南方、东方、西方循环瞭望

多少车辆和行人

接近我，又远离我

没有人问我是不是他们要找的人

甚至没有人问我去哪里怎么走

这里还叫鱼洞

已不是我的那个鱼洞

最后我开始怀疑

我在等谁

我站在这里

或许就是为了站在这里

故乡罚我站在这里

（原载《诗潮》2024 年第 3 期）

红 水 谣

◎阿诺阿布

大多数人死在来的路上

大多数的岸，他们都没有看到

两个和弦就锁定

半辈子的情缘，一生的承诺

红水河，红水河

四下无人，允许我

舀一碗水当酒喝

正午是最没有出息的正午

阳光和雨，任意用手摸

山和水，太纯粹了

山不是山，水不是水

男和女，太过明了

没有人会像我

站在岸边，让缘分悲伤成河

水堆积而成的，水必将带走

凡是有备而来的，必将原路返回

红水河，红水河

那么多死去的人我都认识

还在乎什么爱我恨我

猫喜欢鱼，就给它鱼

松鼠喜欢坚果，就给它坚果

我两行清泪，一意孤行

仅仅为了表明，我曾经来过

（原载《诗刊》2024 年第 2 期）

有色彩的生活

——题夏家店下层彩绘陶罐

◎安　琪

他从哪里找到的这些线条

这些图案，不具象似某物，也不抽象全无解

是语言密电码吗？也许

但究竟说了些什么？知晓此真意的同代人都

已死了，死于青铜时代，多么遥远又遥远的

往昔，内蒙赤峰

一个名为夏家店的古老村落，他是

这个村落的民间艺术家，他一生的

使命就是调制颜料

以便手执画笔为村民绘记下

有色彩的生活，在他们排队等候的陶罐上

（原载《扬子江诗刊》2024 年第 2 期）

海滨疗养院

◎白　玛

记得那是盛夏的黄昏，我走过海滨疗养院门前

空气里含着半熟浆果的湿腥味和我后母的喋喋不休

她一贯说：到下个月，你们喝西北风去吧

我的身后跟着绿毛巨兽的影子。我十七岁，像只废轮胎

即使整个大海向我倾斜而来，我也和那颗缓缓滑落的孤儿星一样

扮作黑色潮水衣襟上带密码的胸针

我从不说出我拥有的。半山之上，白色海滨疗养院尖尖的日光

钉住我的秃头邻居。和带着风琴搬离的第九只公蜥蜴

（原载"重返湖心岛"微信公众号 2024-02-04）

拉 萨 河

◎白 玛

替一个人说出内心的疼痛，拉萨河

替一幅挂毯找到乡下的家

因为爱情，我在河边哭了这么久

九月也不是感伤的季节

因为爱，因为遗失的定情指环

冰凉的水中，看见一只低飞的鹰

仅仅记得一个疲倦的下午

一些经幡。行人说着吉利话

因为爱情，我从小镇来到西藏

听听拉萨河究竟告诉我什么

（原载《草堂》2024 年第 2 期）

天 井

◎白小云

你先不要过来

我去看一看我的井水

井水里倒映的姑娘还清澈吗

再看看柿子树，爷爷曾经让我

在他的柿子树下荡秋千

秋千早就不在

你先不要过来

我看看我的小母鸡们吃饱了没

它们曾经追着几根蚯蚓跑

扑哧一下就飞到屋顶上

公鸡气得抖起冠子要打架

你先不要过来

前院木门已经修补成铁门

后院的黄杨围篱不知道去了哪里

你等一下，我去问看门的黄狗

但，黄狗它去了哪里

我想让你看看我的童年

——过一会儿、再过一会儿

你再过来

（原载"重返湖心岛"微信公众号 2024-03-30）

独 宠

◎白月霞

月亮困在天空很久了

从无到圆满，等待，太漫长了

月光无处不在

你的目光，无处不在

平等而慈悲

可以轻易将月光覆盖

现在，它是你的了

这短暂的光芒的叠放

如入无人之境的打扰

给它希望的同时

绝望被隐藏

它是有多欢喜

才会在今夜把它的美

全部绽放给你

此后光华一夜夜消失，直至空空不见

仿佛世间没有心碎而死这件事

（原载《诗刊》2024 年第 2 期）

新诗选 2024

钢铁之晨

◎薄　暮

生活之重，从未重于生活本身
如果有，减去今天早晨

很早起床
一件罕见的事：
看到这座钢铁工厂紫色的天际
试着找出一种物质来形容：
桔梗花、薰衣草、曼陀罗、风信子

都不贴切，它就是紫色
慢慢变成紫红
迅速变成橙红，一眨眼
金灿灿的，耀眼而温和
像高炉出铁，转炉炼钢

移时之间，它将照亮
炉前滚烫的脸和天车上的鞋子
此刻，我已清理过隔夜茶
将书签带拉直。穿上
和明天一样尺码，另一件蓝色衬衣

（原载《诗林》2024 年第 2 期）

第一场秋雨

◎薄　暮

第一场秋雨连夜赶往黄河

一靠近钢铁厂就放慢脚步

炉风嘶鸣，它有一些颤抖

以为厂区上空炽热的圆光

会一瞬间熔化雨滴，或者

雨脚慌不择路，撞上太行山

它却稳稳地停在头顶

像一尊通体透明的神

高炉不是心脏，是心

半生遇上无数场秋雨

反复叩问窗后弓起的脊背

这一次，突然有相拥的冲动

第一场秋雨，让彻夜不息的光和影

变得温润、绵厚、平滑，富有节奏

像天空亲手击打自己的磬

（原载《诗林》2024 年第 2 期）

老 宅 记

◎北　野

向一棵大树借寿

以此证明活着是得到了神的帮助

又以门栓敲击墙壁

它的回声，证明灵魂结束了游荡

正在重新安居

五十年前，当这个空宅子被放倒

"轰隆"一声

我大病一场

已经没有理由，留在此地

刺玫仍在墙头开花

父亲手植的苹果树，被连根拔起

只有那几棵鸦片葫芦

天天被割一刀，它的白浆水

可以解了父亲的病痛

我梦见邻里的白牙

从一张黑脸上龇出来，他已死去多年

尸身留在地下几千米的煤井

他的小女儿和我要好

我在心里悄悄爱了她好多年，她

对此一无所知，她只知道

我喜欢她的白牙

我们在月光里，比过许多次

（原载《当代人》2024 年第 2 期）

滦河谣曲

◎北　野

滦河不受天象控制，它沿途
接受了五百多条支流
它的源头叫闪电河，若有若无的
一条溪水，明亮又蛊惑

难产的母亲，把一块白经石
放在山岗上。鹅冠道士的青帽子
被风吹落，他把一块黑经石
放在山岗上。红袍喇嘛把贝叶经
背过雪山，他把歇脚的红石头
留在山岗。黑漆漆的匪首杀人时
一轮明月正爬上山岗
刽子手扑地大哭，他把一块绿松石
留在山岗上。进入天空的牧羊人
把自己的心愿，写给了白云和远方
他把一支骨笛，留在山岗上……

——他们想让自己，被风赞美

一万次，再让风诅咒一万次

剩下一个干净的玛尼堆，像一颗星

坐在滦河的源头上

滦河肚子里，从此有了泥沙和宝石

有了细鳞鱼、华子鱼和丹顶鹤

有了船夫、猎人、皇帝、盗贼

滦河把洗不尽的沙子和宝石

吐给大海。滦河把无数的穷人

和牧群，留在草原上

让他们拥有山歌、长调、祭祀的

仪轨和新婚的仪仗。让一匹

老马，从梦中走回战场

颤巍巍的老母亲，向西走了三年

才在沙漠的一座祭骨塔中

抱回了儿子的骨灰罐

儿子的遗言只有一句话：饿食沙

渴饮濡水，我死在星空里

风就是我喊出声的鬼魂！

（原载《当代人》2024 年第 2 期）

新诗选 2024

夏

半个月亮

◎蔡　淼

此刻，再也没有什么能够阻挡
我们。天山与塔克拉玛干沙漠
都变成了一堆柔软的光。摊开

我们的目光在此相遇
窗外的天空上虚浮着半个月亮
半块透明的饼干。春天停滞不前

半个月亮依旧保持日常节奏，步态，语速
秦岭以南距此四千五百余公里
喀什距此一千五百余公里
大巴山的头顶也有半牙南瓜
那是母亲和弟弟所能匹配的方言
此刻，这光辉是它们无言的输出

半个月亮，照在狡黠的人间
苦涩在舌苔。失语
我的眼里只剩下月光
月光在慢慢缝缀残破的故乡

半个月亮，撒下一堆无形的羽毛

让爱足够轻盈而又平静如初

（原载《草堂》2024 年第 4 期）

细碎的现实

◎曹　兵

拇指大小的地方，足够困住一个

少年缥缈的雄心

铁制的表盘碾碎了光阴

细碎的现实里，不存在写于纸上的事件

我只是慢慢收紧，放往天空中纸鸢的丝线

亲密的人群，夺宝的少年心

都成为电影记事本上虚幻的影像

消失的语言学，让每一个黑夜

保持完整的寂静

而深夜两点的道路，理应成为纸上的深渊

我拒绝打扰鬼神，和路过荒野的墓地

内心的枪械早已收缴入库

一个重新回到幼年、手无寸铁的人

愿意绕道而行

而扎入汉语的深水中，仿佛只是一种方式

并不会以此验证，我也是读书人

雄心没有完全熄灭，燃烧的火焰

仅来自于，白骨发出的光

那是另一种荧火，但我

更爱

在细碎的现实面前，成为站立者

不熄灭最后一盏灯

让它照着我

在黑夜的自语里，提炼出

生存于尘世的丹药

（原载《草堂》2024 第 1 期）

娘　亲

◎曹　天

河南某市的一位市长

在上海坐了九年的牢

期间，他八十的乡下老娘哭瞎了眼睛

终于熬到了出狱

他谢绝了各界朋友的宴请

没有和家人打任何招呼

一个人在傍晚时分走进了有点陌生的家门

悄悄地跪在衣衫褴褛的老娘面前

没等他喊娘

娘先开了口：儿啊，你回来就好！

一辈子谁还不犯个错

他大惊：娘啊！你不是看不见吗？

老娘平静地说：我眼瞎心不瞎

我闻到了我儿的味道

我一天天一年年在等你

儿不回我不死！

判刑坐牢他没有哭

妻离子散他没有哭

可是这一刻他的泪决了堤

他拿着老娘的手打自己的脸

悔恨自己没有听娘的话

娘像小时候一样抱着痛哭的儿说：

贪污那么多钱国家没有杀你

以后你活着多报国家的恩吧

你爹种了一辈子地

到断气也没有见过一千块钱哪！

当晚娘和儿说了一夜的话

第二天清晨老娘去世

眼角挂了两行浑浊的泪

（原载"河南诗人"微信公众号 2024-01-15）

树

◎车前子

我多想成为那个人

挖着土，偶尔抬抬头

似乎听到飞鸟

几个人，说着

淮河下游的方言

离开大水，在首都挖土

我多想成为那个人

兜售花生、姜和大葱

我多想成为那个人

沿着铁路，骑起了自行车

有一列火车追着他

却永远追不上我

我多想成为那个人

此刻才起床，在井边洗脸

我多想成为窗外的人们

并不是我对自己不满意

春天了，树木长出新叶

我也要舒展开枝条

每根枝条上，栖息着

那个人、那个人、那个人和那个人

他们使枝条轻轻摇晃

有两根微微地垂下来

（原载"1号旅馆"微信公众号 2024-03-19）

年　轻

◎陈　丹

这是我最旧的钱包

边角一线发黑，米黄色哑黯的钱包

里边，透明一栏放着妈妈年轻的照片

有些陈旧褪色

那时我撞见，年轻的爸爸亲吻你的照片

背对门口坐着，凝视，并放回枕头下

后来，你们吵架

"如果离婚你跟谁？"

"我谁也不跟。可是——

爸爸，为什么你要每天看枕头下妈妈的照片呢？

妈妈，你为什么把结婚照放在钱包里呢？"

你的照片如今挂在墙上

你们不会再吵架了

法律上你早已不是他妻子了

七年了，爸爸还在凝视你年轻的面容

而他连胡须也开始白了，妈妈

（原载《山西文学》2024 年第 2 期）

她是白鹭的白

◎陈 克

若是天鹅的白，

她会坐在最后一桶清水中沐浴，

孤独去死。

若是白鹤的白，她的目光会游离，

足尖会散发一种不可亲近的气息。

我明知她是鸟，

披着一身纯白的袈裟，

可我却抚触不到她的羽毛。

午夜有风的欢场。

梦里花开，睡袍垂下。

多么小，她的身骨。

多么轻薄，星空浮起的柔姿纱。

她是白，鹭。牵着一匹含蓄又平和的白。

也长足，也曲颈；也抵近悬崖与浪花。

却不逃逸也不高蹈。

烂漫可歌，春情可绕。

点燃我，是人间的炉火；消解我，是树上的薄冰。

（原载《诗刊》2024 年第 2 期）

天柱山滑雪场

◎陈巨飞

低级道可以摔出最优美的弧度；

猝不及防的危险，

最具先锋性。而我，独自选择

中级道——躺在魔毯上，

天空穿着蓝色的滑雪服，

白云成为雪的倒影。

有的人来，是为一张悬空的照片；

有的人则倾向于学会飞行。

雪，不是水的心变硬了，

它是坚冰中最柔软的部分。

夕阳退去，只有晚风

可以保护雪人——世界静止的中心。

漫山翠竹如雪杖。到了晚上，

神秘的客人会使用它们。

月光从天柱山南麓滑落下来，

这是唯一的高级道。

有的人在山脚的民宿里做梦——

某处，发生了一小处雪崩。

（原载《诗刊》2024 年第 3 期）

稻 草 人

◎陈克锋

男孩多的人家给它戴草帽

女娃多的人家给它穿花衣

男孩女孩掺半的，它就不男不女了

像个唱戏的疯子

但一律从孩子开始，慢慢修行，直到麻雀

见了都不怕，它内心的十字架才亮出来

远远地，像一对手掌

风雨中合着，一个十字

（原载"天天诗历"微信公众号 2024-02-23）

癸卯年腊月记事

◎陈先发

月光从窗户烂掉的部分漏进来

月光的照临，只有入口

没有出口

有幽灵的乡村是慢慢耗尽的

"一个生命，怎么可能一下子就

没有了呢"……

我父亲的死亡曾长达十年，

一点一滴地离开

到了最后，医生也不想再去拯救他

每年临近除夕，总有人在小桥头

在空了一半的菠菜地里

在井栏边，见到他

一句话也不说，但有脚印，有影子

"你住在城里，哪能理解这一切"

荒野月亮长着暖暖的羽毛

"而你顶上，是纸剪出来的，一枚假月亮"

"一个生命，怎么可能一下子就

回得来呢"……

我父亲的死亡曾长达十年

复活，也将是一点一滴的，需要更漫长的时光

我当然相信这死而复生的奇迹

但必须发生在恒久、淡漠的乡村风格之中

（原载"1号旅馆"微信公众号 2024-03-16）

小 雪 书

◎崔微微

心头的雪下了小半年

断断续续的，下了又化

有时，积雪厚了

就大哭一场

如今，小雪日

雪，却下不起来

气候的无定，

早已超出了人类惯常的看法

你要接受：

故土，炊烟只剩几缕，田野一片荒芜

小溪拐个弯，就不再流了

池塘里，没有鱼儿，水葫芦开了又败

除了死亡，没有什么亘古不变

感恩，还是要有的。

时间都会老去，何况万物呢

苍茫的群山下，

小蚂蚁依然搬运着

夏

谁落下的面包屑

（原载"诗探索"微信公众号 2024-02-21）

属鼠的母亲

◎崔微微

《诗经》的喊声从洞穴传来
蕨菜丛，四只老鼠，张望着
眼神惊恐的那只让我想起我的母亲

那年，我八岁，母亲摆地摊
被街上的小混混揍了一顿
另一年，我十二岁，母亲又在街头
被家族恶霸打了一次
即便如此，一旦危险逼近
她又像屠格涅夫笔下的老麻雀
挓挲起翅膀
挺在前面

母亲说，她属鼠，胆小、怕人
但她最怕的是我们
受伤

（原载"诗探索"微信公众号 2024-02-21）

每个夜晚都是分别

◎呆 呆

这细雪的夜晚极尽可能
逐渐清晰起来的灯盏，摇晃得厉害

风把铁轨吹成两条、三条、四条……很多条
有人中途离开，竖起悲伤的衣领

他说：没有命的事物譬如月亮，不可能偏离轨道
唯有删除自己

才能揭开星空这张面皮
雪线四处散开，是蓝色的一种：制定法则的人不在屋内

客人们陆续到达，拎来湿淋淋的植物。风终于停止了
那个小镇。地图上没它什么事儿，我们脚边，也没它什么事儿

（原载《诗刊》2024 年第 2 期）

喜　悦

◎代　薇

雨一直下
江南初春的雨是在
青石板上磨碎的
那些悄悄布满叶脉的绿
像泪水流经爱人的手
恍惚的指尖

炉子上的水壶一直咝咝窃响
水早已烧开
下面炭灰里烘埋着几块新番薯
我闻到清香的时候雨就停了
一束阳光
从拉开的门边斜伸进来
落在肩头
轻轻按住我的喜悦

（原载《诗潮》2024 年第 4 期）

蛇

◎癫　丫

在冬天
洗过的头发一定要用吹风机吹干
打开吹风机开关
暖风，水一样从细细的电线流出来
从前额到后脑，从左边到右边
从发根到发梢
开始用高温，头发干得差不多的时候
改用春风一样柔软的微风

啊，多么好
一个风里落叶一样的、半辈子
只会顺着风向行走的女子
一个一遇到寒风
只能使劲抱紧自己的小女人
第一次，掌控了一场风的走向、速度
第一次，操控了风里的冷暖

吹风机在手里嗞嗞地冒着热气
像一条蛇被捏住了七寸
嘴里吭哧吭哧喘着粗气。心有不甘地

拼命扭动着尾巴

哦，它多像风里的我

（原载《诗潮》2024 年第 2 期）

山中絮语

◎丁东亚

屋檐下的裸灯亮着。野草间
有清亮的虫鸣。提着泉水爬坡的小男孩
脚步踉跄，身后是满山枫叶的红
秋日漫长。清晨要求晚起一个时辰的女儿
此刻坐在你身旁
"……山里桃花开红了，你一朵我一朵，
不给乖乖撇一朵。"
她唱起外婆春天教她的歌谣，风吹叶落
如果能够像孩子一样，保持黑白的色调
这一生，就不会在一根绳子的两端来回拉扯
不会为失败的婚姻辩驳
只需看着密集的花楸树果，在月亮升起前
把这短暂的幸福揽入怀中

何其幸运，你想，爱在黄昏时移向你这边

（原载《诗刊》2024 年第 2 期）

沙盘游戏

◎冬 千

新诗选

2024

排在我前面的低年级同学走进了心理疏导室。

这其实是个游戏室，隔着门板

我依然能听到他推着一列塑料火车，

嘴里发出嘟嘟嘟的声音。

我们要在这里安放自己的童年，

却又时刻想要将它唤醒，似乎它是愉悦的，

但身体里的欲望却要把它变成记忆。

在笛鸣的模仿中他的声音略微有点抖动，

仿佛对自己的声线还不自信。

变声期的男孩知道了羞耻，就像同班的女孩

更早地知道了什么是不洁。接下来

他开始效仿飞行器升空时的轰鸣，

似乎一切都进入了理想的轨道和航线。

云朵、天空，还有一颗勇敢的心，

当所有人都这样想象着他的游戏，

欣慰于他的思想终于匹配了他的身体，

那沙哑的喉音却突然发出了哭泣——

仿佛有人推倒了他在沙盘上堆建的堡垒。

泪水的呜咽得到了安慰，他们抚着他的后背，

体谅他的痛苦，但又忍不住发出笑声。

当新的秩序正在建立他想的是什么？
下一个夏令营之前，也许还要继续
坐着长途列车被推向陌生的集体；
还要在教室里应对一场
被称为人生的漫长考试，以至于
全部生活都变成了追逐。似乎
童年还没有真正完成而青春就已结束。

（原载《人民文学》2024 年第 2 期）

合 唱 团

◎杜马兰

一群人反复靠近，反复酝酿必要的情绪，和
不必要的冲动
我站在菊的后面，萍的左面，挥的反面，和
欲望的中间，直对着我的校门

我高声歌唱，声音被领唱打断，被合唱淹没
被肺粗暴地压迫
当铃声响起时，我流下忧郁的泪水，因为这群人
即将解散，分赴祖国各地，退为荣誉成员

站台上，一片混乱的景象，我们和民工一起，向着火车

招手，招着招着，萍就不见了，死于火车远去的方向

这是五年以后的事情

我，我们，唱过许多歌，和不是歌的练习曲

唱过山中故乡和水上海鸥，无望的爱和奋勇的前进，当时

菊说，能进合唱团多好啊

（原载《百花洲》2024 年第 3 期）

这短暂的一生

◎渡小好

清晨，几片花瓣从头顶飘落

我仿佛被一缕光砸中

像一位朝圣者

以慈悲之名，把执念放下

昨夜风寒，我把黑暗关在门外

像体寒的人立春后依然无法褪去冬衣

春风轻轻拂过

心上的尘埃就少了一些

一棵树挨着一棵树，它们能站成永恒

一朵花挨着一朵花，它们可以一起凋谢

三月多好，苜蓿草、紫云英、蒲公英

在风中尽情触碰拥抱

而我们，好像从未真正相遇

却一直在告别

（原载《诗刊》2024 年第 2 期）

那年夏日

◎段若兮

一只画眉鸟停在祖父早已漆好的棺材上

梳理羽毛。而祖父在屋外的槐树下喝茶

茶叶是远嫁的姑姑托一艘船捎回来的

装在青色的瓷罐里，同时捎回来的

还有一份家信。……那是姑姑的最后一份家信

半年后，姑父红着眼圈，推开家门

跪倒在祖父面前

（原载《北京文学》2024 年第 3 期）

相　见

◎段若兮

你背着沉重的书包走出校门

低着头，还在思索那道没有解出的题目

皱眉时，睫毛在脸上投下扇形的阴影

头发又长了，额发快要挡住眼睛

宽大的校服裹着你纤薄的肩

还未发育成熟的小身体，膝盖上结痂的伤疤

领口露出一截明亮的锁骨

……你应该是美好的

而你自己却不知道

树荫下站着一位头发花白的女人

你眸光一闪，跑了过去

你们紧紧拥抱在一起

那个头发花白的女人是我

你，也是我

（原载"诗探索"微信公众号 2024-02-06）

固　定

◎朵　渔

石质的家族，固定的伦理

固定的碗碟和杯盏

固定的人在固定的位置喝水、就餐

固定的牙刷、浴衣和拖鞋

在几乎固定的时间刷牙、洗澡、上床

床上的位置也是固定的，有一个固定的塌陷

固定的人有朝一日也会老去

空气里依然有他固定的身影

就像在一把椅子上坐久了

那椅子也渐渐长出了固定的人形。

（原载《长江文艺》2024 年第 3 期）

哭声也是歌声

◎朵　渔

夏天结束了，淡淡的季风抚过花丛

清晨的微凉，随肖斯塔科维奇的音乐飘进厨房

世界有一个光鲜的外表和悲哀的内里

慈悲已无法拯救全人类

我和整个大陆在分享一块焦虑的饼

守望着无望的契约和无尽的债务

听那怀抱未来的大师，在太阳出海之前

再一次乘帆归来，驶入无主的地平线

仿佛坏朽的黎明带来新的诺言
如此，哭声也便是歌声
已上升到高音部……

（原载《长江文艺》2024 年第 3 期）

次　卧

◎范丹花

只剩下父亲，住在中间的次卧里

他脸色暗沉，像被黑夜雕刻过的一个人

他会写古诗，形容那空间

是一个闭塞的山谷

荒凉的墓场，仿佛通往那里

只有一条无人知晓的崎岖路径

大学毕业后，因为失恋

我总是在这房间偷偷地哭泣

我在半夜睡去，在凌晨醒来

那时房间的墙面还是白色

父亲和母亲也没有分开

他们争吵，常常把房门弄得咣当一响

我一个人在次卧读尼采，读米兰·昆德拉

我开始用文学搭救自己

很多年后，我在这个房间面对着父亲

墙面已被刷成了深紫色

床沿挂起了蚊帐

飘窗上堆满了各种散乱的药品

父亲坐在那儿，激动地跟我讲述着

那些他眼中不公的遭遇

我并不诧异，甚至淡漠

我们就这样度过了那些难挨的时刻

显然，他忍受了我的"不共情"带来的失望

而我只是接受了

不同时空里"孤独"的两种交汇

（原载《山西文学》2024年第3期）

汉简上的话

◎方健荣

最真切的话语

被谁写在一枚汉简上

这是一个深情的人

想表达的只有这么一句

还有什么值得去做

珍贵的梦想啊

哪怕耗费整整一生

也是值得的

这是一只飞翔的信件

是的，天空，戈壁，沙漠

大海，……甚至茫茫时间

也不能阻挡它的行程

从古代辗转到今天

经过了多少双手

多少双眼睛

多少颗拥抱热爱的良心

风雨兼程，车马劳顿，山高路远

经过多少座关闭的城池

多少座凛冽的驿站

只是一句话

可以如此深情，穿越千年时空

当我们捧读时

止不住，泪流满面……

（原载《绿风诗刊》2024 年第 3 期）

还 乡

◎方文竹

他的晚年在还乡

要将四处飘散的自己找回来

合拢

瞩望远方的双眼在东部沿海

装满砂砾的胃在西部

抓取不止的双手在南方大都市

宽宽的肩膀靠在北方沉静的山梁

……

终于还原了自己之后

故乡的山河　已经

容不下他那巨大的身躯

（原载"新千家诗选"公众号 2024-2-26）

凤凰山旧事

◎飞　廉

春分未到，燕子就赶来筑巢，

我的朋友，大多在古代，

我的邻居，有一个叫寒寒的小姑娘。

女儿五岁，跟着我满山乱跑，

给观音菩萨戴上山花编织的草帽，

圣果寺的大狗

见了她就安静下来。

深夜，我的新诗在雨水里拔节。

（原载《文学港》2024 年第 4 期）

带手电筒的男人

◎非　亚

她告诉我，她的父亲已经脑梗、脑萎缩

外加吃不下东西。她告诉我，她妹妹说

明天开始就给他插胃管。她说她已经签字

她在卧室门口，看着我说

她父亲可能已经不懂得如何吞咽

只有插胃管，才能给他

补充生命的营养

我想起很多年前，她告诉过我的一幕

那个家里唯一的男人，带着手电筒

拿着一根木棍。穿过田野，和妻子一起

带孩子赶往县里的医院

而我第一次看到他，是到她的家里做客

他出来给我开门

头顶的头发有些稀疏，穿一件浅色衬衫

身体看上去有些

健硕

她告诉我年轻的时候他经常去河边挑水

在院子里劈柴

现在，那个曾经呵护她的男人

已经每况愈下

一只白色的水鸟，在河边飞起

流逝的时间

就这样消失在我们的脸和脸以及手与手之间

（原载《红豆》2024 年第 4 期）

端砚临帖

◎冯　娜

体重而轻，质刚而柔，摩之寂寂无纤响，按之若小儿肌肤温软，嫩而
不滑，秀而多姿。

——吴兰修《端溪砚史》

谁在此地掷砚成洲

烂柯山延绵，鼎湖山保存着泥盆纪的骨骼

远古的漂浮物，涌向沉积的海底

缓慢沉降

一种风蚀的感情，在坑岩中封印

只有水墨，能重燃失落已久的情愫

在丝帛上摩擦的笔画

指尖稳住的山麓

一方砚就是活下来的古陆

螺蚌和落叶围绕着水云母石

未开采完的岩坑，还在耕地的犁铧

一个人将自己的身世放轻

轻到只在雕琢的手艺中隐隐浮现

——紫蓝、青紫、蕉叶白

石头的眼睛睁开

黑夜漫漫，抚触着怯生生的手

砚石上的手稿

署着山色与湖色的字号

一位莫姓名宣卿的少年人

他在雷雨过后的屋前走来走去

鹧鸪声来到他的书上

节气里的雾霭

砚中的乾坤

说书人帮他拾掇起一个破旧的包袱

他也许登上了一艘船的甲板

行囊里的笔墨就是江上的罗盘

浪沫飞溅，船帆如史书般悬挂

命运在漩涡前辗转

——好在波涛就是他的出生地

好在，一方砚就是压舱石

（原载《花城》2024 年第 3 期）

肖尔布拉克镇的树林

◎冯　茜

三棵杨树并排站立在肖尔布拉克的扉页
迎迓日出和我们
联名写出对北疆的前三行赞美诗

黑土晒得微微泛红，村庄移动在光芒中
又宽又浅的河流，带着朝觐的使命
绕着它们缓慢前行

光影交错的边缘，巨大的反差让我眩晕
阳光滚烫，一切都在晃动
只有我是静止的

这个上午，世界只剩了我一个人
还有树林边，孤零零的一只羊
独立于空旷，成为我写出的最后落款

它穿过三棵杨树，向着河流的上游去了
要回到我的出发点，和它的前生
树影空寂，我把薄薄的草原卷成了信纸

（原载《山西文学》2024 年第 3 期）

瓦 屋

◎冯果果

屋脊两边翘起来，分站一只白鸽
我是其中任意一只，或者第三只

屋脊正中的镜子，里面住着
白衣飘飘的仙子或者青面獠牙的妖怪

我曾问过妈妈镜子的作用
妈妈摸着我的头，没有说什么

镜子里住进雨，雪，果树，青石院落
住进绿，住进阳光，月光，星辰
住进我的整个童年

青瓦，花卉图案的瓦当
构成我的叙述——

我年轻的母亲，抱着一篮子苹果进来
我年轻的母亲，抱着一篮子桑椹进来
我年轻的母亲，抱着一篮子金杏进来

我年轻的母亲，抱着一个我

进来

又出去

（原载《诗潮》2024 年第 3 期）

回　家

◎符　力

母亲从窗外拉开帘子，喊我起床

墙上照着又亮又暖的晨光

这时候，公猪母猪都喂饱了

鸡鸭还在小院里啄食，拍翅，鸣叫

母亲转身进厨房洗刷大铁锅，准备烧水煮肥鸡

父亲已经从小镇上回来——

大袋小袋里装着青菜、排骨、鱿鱼和大虾

两年没回家，我想早起

为双亲忙活些什么

怎么就这么晚了？晨光照在白墙上

我还没醒来，还是一个小男孩

枕头下压着旧报纸包衬封面的语文课本

咿呀声还没开启沉重的大门

（原载"诗兴趣"微信公众号 2024-03-25）

在 林 县

◎高英英

在八百里的太行面前

铁锤和铁钎不过是赤手空拳

在一万岁的太行面前

十年不过是一瞬间

这世上有许多的高山

最难跨过的就是眼前这座

漳河水日夜不断地流

也不能逾越命定的轨道

在太行山

蚂蚁觅食，野蜂飞舞

鹿和狍子努力奔跑

一群人把力气用到极致

一生中总有这样的时刻

你明知道自己两手空空

还是挥舞着拳头

向命运发出一击

（原载《人民文学》2024 年第 2 期）

秋日，忆双亲

◎谷 禾

过了芒种，一辆牛车从麦地中央

浮现出来。但没有打着湿热响鼻的牛，

只有驾辕的父亲，攀绳勒入皮肉，

身体前倾着，几乎抵近了残留的麦茬，

喉咙里呼哧着牛的喘息（不，他几乎

就是一头犍牛）。麦地尽头，是我们

的村子，一根根烟囱笔直戳向天空，

泡桐树的阔叶间，传来麦溜子的叫声。

我闻到生鲜牛粪的气息，麦茬口上

沁出一盏盏圆润的露灯——再过一会儿，

母亲将踩着暮霭到来，穿一袭蓝衫，

脚步比露水更轻。我看见遍地野花，

开得像她年轻的梦，和受苦的命运

（每一日都是重复的一日）。我还记得

村子里更多的长辈，怎样在土中刨食，

一点点耗尽了余生。现在，他们大多数

已归于尘埃，成为大地最潮湿的部分。

我的额头曾领受过他们掌心的温暖，

曾几何时，我也像爱自己一样深爱他们。

而现在，什么也没剩下了。村子沉向

原野深处，我想到它时，轰鸣的拖拉机

迎面开来，点开萤石云视频，我看到

才推开饭碗的父亲，已倚靠沙发沉沉睡去，

聚拢的黑夜，渐渐浸没了他身体的废墟。

（原载《广州文艺》2024 年第 2 期）

这是孤独的美

◎海　烟

我们要像月光一样

静静站在天涯的两端

在九月夜晚的露水中

这是孤独的美

我们要像两个孩子

用糖果去交换糖果

我们像夜晚一样成谜

我们像早晨一样干净

我们既是一首诗里的名词

也是一首诗里的动词

我们一边热爱，一边遗忘

这被遗忘的秋天

时光从那巨大齿轮里

掉落，像纷纷的细沙和落叶

落在无人知晓的安宁的草坡上

发出很轻的，但使人伤感的声音

（原载《诗刊》2024 年第 3 期）

麦 秸 垛

◎韩润梅

阿卡在前面跑

我在后面

穿过一条街道

我们先从饲养员的房子里

偷偷吃一把黑豆

和豆饼（饲养员正在喂马

马的鬃毛蹭着马槽）

穿过饲养院

到后面的场院，那里

晾晒着刚刚收割的庄稼

一辆马车进来了

高高的庄稼垛压弯马车

马儿正在用力踢踏

麻子静静立在墙根下

阴影里，阿卡喜欢咀嚼麻子

我喜欢嫩玉米杆，像甘蔗

那时候，我们

总是很饿

但总能找到吃的

要先吃饱，才会躺到麦秸垛上

用手捂住眼睛

从指缝里看着蓝蓝的天

（原载"天天诗历"微信公众号 2024-02-04）

喜　悦

◎韩文戈

落花使人惊心，流水使人怅然。

多么美啊，哪怕消逝，哪怕打碎。

这个世界多么和谐。

我在人群的边缘，独享喜悦。

多么美啊，我怎能抛开这些——

妄自哭泣，妄自仇恨，妄自去死。

怎忍心把一个人留给远方。

把一个孤独的人留在世上。

我编织着大大小小的花环。

送给我所经过的草场、河谷、马群。

送给每一个清晨早起的陌生人。

他们抬起头：你恋爱了。

是的，我在爱。

我在爱一个人。

也开始爱整个世界。

（原载《当代人》2024 年第 4 期）

低　语

◎何向阳

我越来越喜欢

微小的事物

湖水上的晨曦

船桨划过的

涟漪

蜻蜓点水的微澜

在我心中

不为人知的

汹涌的

波浪

我越来越接近

幽暗的事物

旧城墙斑驳的皱纹

沉思于暮色中的

古寺

手背上香烛的灼伤

尘灰缓慢地下降

好像只它们才能引起

我的共鸣

我越来越热爱

软弱

胡同口独坐的老人

偎在母亲怀中

熟睡的孩童

晾台上洗旧的床单

拐角处佝偻的背影

一只无力的手上

扶着的

吊瓶

我沉湎于

正在消逝的一切

一枚离开树枝的

银杏叶

子夜撞钟回荡的

声响

夏

铁轨义无反顾

去向的

远方

曾经自由无羁的原野

成片的土地

被翻盖成了

楼房

我如此羞怯地想着

那些细枝末节

那只试探地伸过来的手

（尽管中途它改变了方向）

那被目光无数次眷顾的

脸庞（它还是被捧上了别人的胸膛）

一颗泪珠砸向

尘世

这句只说给你的话

仍然堵着

我的喉咙

我越来越倾心

一粒种子破土的冲动

一滴雨倒立着

回到天上

一声啼哭

划破夜空

群山缄默排列成行

是的
喃喃低语中
我越来越与那些
人们忽略的
事物
相像

（原载"原乡诗刊"微信公众号 2024-04-21）

致

◎何向阳

并不是所有的诗
都写给你
不是
我的世界
广袤无际
并不是所有的话
都说给你
不是
我的听众
如海潮聚集

留给你不是所有的温暖

洒向你不是所有的泪滴

还有　还有

那声苦痛的沉吟

那些踉跄的步履

还有　还有

那个磨穿鞋底的旅人

那座满目疮痍的村庄

我的梦想

从不给哪一个人

我的征程

也并非为一人所系

原谅我的这种保留

说给你

并不是我所有的话语

写给你

也不是我所有的诗句

（原载"为你读诗"微信公众号 2024-03-04）

你的口袋

◎黑　枣

你的口袋有百忧解吗

你的口袋有爱情和糖吗

你的口袋有我的前世和余生吗

你的口袋有窄窄的门吗

打开来就看见海了

你的口袋有长长的梯子吗

翻过去就是春天了

你的口袋有一座轰隆隆的洗衣房

我想换一个干净的身体，行吗

（原载"新千家诗选" 2024-03-22）

口 弦

◎ 胡 弦

火是神秘的，

黑衣服，银纽扣，都是神秘的。

围着火堆跳舞的人再一次

手拉手结成了神秘的链环。

斗牛在长角，穷孩子在水洼边玩耍，

风，借助风车重新统治了群山。

在布拖街头，彝族少女像风的幻影，

她们银冠沉重，身姿轻盈，

当她们行走，满身银饰的沙沙声里，

古老的神秘性仍在生长。

黄伞好看，毕摩书难懂，黑绵羊

一旦登上高处，就会变成广场上的雕塑。

在那里，一个少女讲起彝族的源头、分支、方言……

当她侧转身向我说话，我感到

整个世界的甜蜜都在神秘地迁徙。

人一代代逝去，神不会：她已重新来临，

坐到我们身旁。

——她是去年的金索玛，名叫乌果，

不知道有人在借助她归来，

只知道自己

是临县尔恩家的大女儿。

（原载《长江文艺》2024年第2期）

生于寒露

◎胡茗茗

你好啊，白蜡树，五角枫

微风不燥，微醺刚刚好

我爱的人，有在身边，也在远方

恰如寒露这天的微冷与意难平

五十年前我出生，五十年后还将出生

这一天，无惊喜，无病痛，无慌张

寒露的秋虫，翅膀上有薄薄的微霜

（原载《江南诗》2024 年第 1 期）

馈　赠

◎黄沙子

在柯尔山不算绵长的山脊散步，

因为天已经黑了，我不知道自己待了多久，

又是怎样回来的，

但无论如何我度过了一段快乐的时光。

身体的每个细胞都像雷暴下的岩石，

那些岩石，除了经常被牧羊人靠坐

和羊群擦痒的地方是光滑的，

再也找不到一点人世的痕迹，

山脊上的道路也是如此。

偶尔的人类脚印，羊啃噬过的草地和飞鸟落下的

白色粪便证明这里并非了无生机。

珊瑚朴和糖松很多，

如果肯俯下身仔细观察，

也可能看见一群行走迅速的蚂蚁，

山间弥漫着树脂甜甜的香味，

这是柯尔山独有的馈赠。

（原载《诗歌月刊》2024 年第 2 期）

那 红

◎黄晓玉

五十年前我还是孩子
随母亲喝表嫂的喜酒
全村的人都来吃大席
一身红的表嫂让我如梦方醒

——五十年后，在城市辗转接到
表嫂去世的消息
让回忆瞬间变成了黑白

我顺着五十年前的小路
往回走，却再也找不到那个村子了

最后，找到的是一些陌生的人
围着圆桌，酌满心痛的酒盅
说着一些我听不懂的往事
像一些风，吹着吹着就散了

五十年，我不知道自己都忙了些什么
记忆越发变得漫漶不清
我已经记不得表嫂的样子了

只记得那个春天，那红——

（原载《诗庄稼》2024 年夏卷）

对　岸

◎霍俊明

一个人从河的这岸
游到了河的另一岸
没有水流声，也没有
拍打水的声音
一切都悄无声息

回头看看对岸
仿佛刚刚离开了一个尘世
这里没有树木
没有石头
没有房屋
甚至风也没有
只有这条河岸

这一切都似乎是在梦里发生的
只是为了验证
一个不会游泳的人

也抵达了河的对岸

（原载"1号旅馆"微信公众号2024-03-16）

月光葬礼

◎加主布哈

月亮是被谁咳出来的
一枚病，倒挂在肺叶上。我准备去买酒。
（不能带着怀疑走夜路）
一张羊皮去参加葬礼，很多燕子站起来，苹果树
打了个白色哈欠。

月亮在山顶，翻阅谁的清白之身，
父亲已经睡成一根不会说谎的木头。
我将是第一个不会哭丧的儿子，
多么值得流泪的这天，一头牛倒下后，
又一头牛倒下。等我喝醉了

我就去梦里劝住滚石下落，劝住
在父亲腹部深处嘶吼的狼群。

（原载"诗探索"微信公众号2024-04-01）

奶奶的木马扎

◎贾　想

奶奶有一把木马扎
谁也不给坐
不给装房梁的爸爸坐
不给种花生的妈妈坐
话里含蜜的妹妹和调皮捣蛋的我
连一下都碰不得

在婚礼上坐，在葬礼上坐
在拥挤的地方坐
在荒凉的地方坐

奶奶拎着马扎，马不停蹄
在小小的世间蜗牛一样迁居
瞧瞧这里，看看那里
这里不满意，那里也不满意

死亡被奶奶拎过来又拎过去
售楼员一样重复：对不起，对不起
马扎比蜗牛壳更加坚固
奶奶比售楼员更有耐心

坐进草的呼吸里

坐进鸟的心跳里

马扎搬起，时间的一端就下坠

马扎落下，时间的一端就翘起

有一天，奶奶终于坐累了

不声不响，她从马扎上起身离去

这里喊：慢些去，慢些去

那边应：快回去，快回去

现在，奶奶留下了一把木马扎

茫茫人世间，谁都可以坐

装房梁的爸爸可以坐

种花生的妈妈可以坐

话里含蜜的妹妹和调皮捣蛋的我

谁先抢到，谁先得

（原载《人民文学》2024 年第 3 期）

李树开花雪纷纷

◎江一苇

当我对一件事充满绝对好奇的时候，

正是李花不顾一切盛开的时候。

我不明白，为什么昨天还看似光秃秃的枝头，
只隔了一夜，忽然就整棵树都白了。

我不明白，这种白色的花，为什么开在四月，
它是否更该开在冬天银装素裹的鬓角？

我承认，那时的我，对一切一无所知，
包括它并不算长的花期，以及加速衰败的初衷。

那时，我们常常待在李树下面，
捡拾那些花瓣，再用力将它们扬到空中。

好一场大雪啊！想下多久我们就让它下多久，
时间离开了指针，纸鸢离开了线。

那时的她还没有辍学，外出，嫁做人妇，
总是跟在我的屁股后面，问我亲一下会不会怀孕。

（原载《诗刊》2024 年第 4 期）

小尖山

◎津　渡

眼前是令人眼花缭乱的景象

紫藤在崖壁上恣意攀爬

金樱子的花朵，铺满向阳的山坡

在阴冷潮湿的涧边

委陵菜的花葶，支起了多棱的星星

石蒜，一种艳丽无比的植物

海星般的花瓣中间，伸出了钩叉

一样的舌苔

如此等等，我想说

每根茎管里

都有一条彩色的小溪涌动

但对于生命的来源，繁复、衰败与死亡

它所构成的宏大乐章

我一无所知

无数次，我孤身一人穿山而过

手脚触动茂盛的花叶

那种热烈迅疾传导到内心的战栗

都使我禁不住悲伤

我不能理解为了什么

（原载《福建文学》2024 年第 1 期）

发光的女人

◎津生木措

苹果园的女主人已经老了，但她依然美丽。

她用苹果留住了好看的容颜，

用光线留住了缭绕的发丝，

用草花留住了细微的体香。

用微笑与谦卑留住了一个女人的尊严与好命。

现在，时光在葡萄园里慢慢地走着。

有风吹来，她弯下腰，

捡拾地上的一片树叶。

她失败了，就像她曾经失败的婚姻令她无奈。

树叶被吹得没了踪影。

她站起来，她无奈的表情像一只红苹果，

一只脱离叶柄的、怀念叶子的红苹果，在树荫里发光。

（原载《山东文学》2024 年第 3 期）

看见弗洛伊德

◎靳晓静

你在水边走着

慵懒而散漫，与时代相悖

你的脚将一颗石子踢进水里

它没有腮，也将在水底生活了

而你并没有要它这样的意思

你走着，在河边散步

脚后是一步步踏出的命运

你惊觉，每一步都不是你想要的样子

你是随机的信仰者
幼年时尿床或不尿床
这重要吗？在林荫道上
看见落在地上的毛毛虫
你避开了还是踩死它
这重要吗？对着月亮
你叹了口气同样不重要

有几年，你不断有小外伤
膝盖跌伤，手指被划破
转身时，额头撞在玻璃门上
有几年，你喜欢上一个女人
你不愿见她，只喜欢
通电话听她声音
有几年，你对儿童特别好
在街上看见母亲牵着孩子
会凑过去问，这孩子几岁了
有几年你特别想活
有几年你特别不想活
你在佛陀和基督之间徘徊
一直没想好该信谁

直到有一天，命运的洪水滔了天
大浪中你觉察到

你的每一次行动

都被一种深藏不露的力量

所牵引，你拿起了许多年前

看了两眼就弃之一旁的书

向着苍茫之处躬了一躬说

弗洛伊德先生，你好！

（原载《诗潮》2024 年第 4 期）

瓶

◎景淑贞

它空着。在空之前，它曾倒出过

一条江河。江河里的船只

两岸的红花

风轻轻叩击，你隐约能听到

瓶底还有浪潮奔腾的余音

这些足以证明

它甚至装过一片年轻的星空

现在，它在一个角落里

瓶口朝北

夜色代替江水，朝它滚滚而来

（原载《诗刊》2024 年第 3 期）

向晚的恍惚

◎康宇辰

树木分出枝丫，像一些生命的歧路
在暮色中各自茂盛。向晚，
亲爱的东西不多，但"亲爱"的辨认
依然是夏天里温柔的事。
这夏天，盛大的烈度，正午多么像
一个斩截的判断，但仍有那些温柔
都是我们的忧愁。亲爱的朋友，
我们都爱过夏天的大学堂，
历史的曲折隐匿其中。那年
也多像这一年又一年，我们告别，
阴影铺开在散漫的汪洋的湖边。

请你不要告诉，但我必会得知
那些我挚爱过的具体
都化为时光里抽象开阔的逻辑。
爱是朽物，比逻辑脆弱，
比铁和血和伟大的旗帜脆弱。
然而爱铺开，分岔于历史里正较量的
权与谋。你说你爱过一次朗诵，
大河在暗处奏鸣，岁月干干净净

声音都被带走。长歌当哭吗？
亲爱的朋友，我们总眷恋谎言
多过薄薄一层的明白。这时光里
最奥秘的误会，像一个契约
从北到南地逝去，可生命还想相信。

（原载《草堂》2024 年第 2 期）

看　清

◎兰　亭

非洲的孩子，在脸上作画
画出野兽，让自己凶猛
画出星空，让家园大一点，再大一点
否则，装不下梦

他们喜欢踩着高高的木棍
比面包树还高
这样，更容易看清这个世界

（原载"当代微信诗人"公众号 2024-3-13）

黄 柏 塬

◎兰喜喜

它是阳光、雨露，爱人脸上的朱砂痣
也是这山茱萸的红、玫瑰的香
以及情人额头永不干涸的吻

在黄柏塬，河流是清澈的
山川是碧绿的，石头的坚硬与命运有关
泥土已为每一棵企图发芽的种子
做好了铺垫

那个来自宋朝的女子
抚着倾斜的阳光，站在千年银杏树下
一半明媚，一半忧伤

我要告诉你一个秘密，包括
这里的每一条山川、河流，草木与春秋
我来自西部，是一粒随风奔跑的沙子
一只落单的岩羊

我长途跋涉，千里迢迢来到黄柏塬
请允许我的自作多情

当我写下诗句的那一刻

我将同时写下的，还有我的命运

（原载《回族文学》2024 年第 2 期）

拾 炭

◎老 井

铁路两旁的草丛中，缀满点点黄花

傍晚的手指拨开花香

还能找到其中隐含的煤炭

像火车生下的黑蛋，我们赶忙捡起它

把这落难的圣贤

请入布袋中。我和弟弟一边捡拾

一边背诵：鲁提辖无敌的铁拳

砸穿渣滓洞上空郁结的乌云

卖火柴小女孩划出的星光

将老杜甫忧愤的脸照亮

火车被内心的野兽撺得飞快

枕木像大海的一瓣汹涌澎湃地铺开

我们从乌黑的煤体内看到了湛蓝的天

煤炭块块增多、梦境寸寸膨胀。

把冗长的铁道竖起来

就是架在白云上的长梯

爬到尽头，吐口吐沫就可以把夕阳

这块熊熊燃烧的大无烟炭熄灭

捡进自己的布袋中

（原载《诗刊》2024 年第 1 期）

偏远的月亮

◎冷盈袖

月亮的变化我们无从察觉，除了圆缺

我们自己却肯定有了很大的不同

月色无边，灯光如豆

这是我童年关于月夜的记忆

还有，松涛、蛙声、狗吠、虫鸣

在月光里听才有意思

当我们从城市的窗口望出去

只有灯光，确切地说是灯光和月光

但月光几乎可以忽略。好在等夜深

不远处熟溪的水声尚且可以听一听

如果要看真正的月色，得走很远的路
那是个冷偏的旧址，路上布满了杂草

很久没有人到达过那里
有时间的话，我们可以去看一看

那些属于过去的，干净而又寂寞的时光
将跟随月光回落到我们身上

（原载《诗刊》2024 年第 3 期）

我听到了栾树的叶子

◎冷盈袖

差不多是秋深的十一月初
凉风吹走了一些东西

世界空了很多，这样空着也好
正好可以容我在栾树下多站一会儿

不远处有辆褐色的小车，亮着灯停在那里
那灯像两个月亮，只是小一些

我能看到的只有这些。就像这几年看得最多的
就是栾树，但对它的叶子我毫无印象

只记得它的花朵和果实
路上行人很少，我可以安心地站在这里

多久都没关系。我喜欢这样的时刻——
一个人，月亮在天上，风吹着栾树的叶子

那是怎样寂静的声音呢？在秋深的十一月初
我想，我听到了栾树的叶子。是的

——我听到了……寂静

（原载《诗刊》2024 年第 3 期）

静　物

◎黎　落

桌子上，瓦罐和苹果们在老去
光的影子比光深，比铅笔沉
提笔的人坐我侧面
手上的笔已不知所终
我观察的视角来自阴影倾斜，和墙壁上的钟

它们走得过于缓慢

事实上，它们已经停止。静谧的冬日

只有虚无的火炉在回忆——

少年捡拾柴火，并把它塞进炉膛

一种腐朽自桌布深处弥散

我感到，我父亲正如静物不能发出一丝声响

他空空的手顺从地垂下，眼睛混沌

不再看向任何物

房子越来越轻，就要浮起来

（原载《当代·诗歌》2024 年第 2 期）

长 廊

◎黎　落

我听见流水声。正午的阳光从树梢下来

你陷在一片白里，小兽四周出没

但不叫醒你。或者，你更愿意随流水漂远

蔷薇花真好看，爬在墙头

我羡慕它们能穿透篱墙，扶你起身

隔开的这段水路，只有花朵的坚持才能抵达

你听。鸟鸣又起了，震落一截烟灰

我喉管里的石头轻了几分

它想变成飞萤，唤醒十万座大山

想，替我照亮你

日子越过越薄，我该学习编织花环

向长廊索求你的背影。但它，只投下一地清凉

（原载"鲁北诗人"微信公众号 2024-03-14）

欧罗巴旅馆

——致萧红

◎黎　紫

没有床单的空板床

装下黑夜

填充小快乐的有

黑列巴蘸白盐

1935 年的哈尔滨

懂得她，为什么饿

高大的白俄管事

不会看一眼

她和他——

欧罗巴旅馆

有一间小屋
曾经住过一位饥饿的女作家
现在，住着风——

（原载《时代作家》2024 年第 1 期）

河　流

◎黎　子

有时我呼唤那条河流，如同呼唤你的真身
从高原到山谷，你的声音时远时近

有时你的面容映在黄昏的桥上，在此岸
为何火车穿越整个冬季都是隧道

有时我守身如玉，骨骼里种植梅花的清香
有时我放荡人间，皮肤上刻满救赎的字符

如同祈求我的灵魂，祈求我灵魂的主宰
干涸的鱼鳞祈求你的出现

我走过落日的尽头，也曾寻遍雪原
你的存在如同一个谜，包裹在果核中间

日复一日，我空荡荡地活着

仿佛这星球上只剩下我一个人

仿佛街上涌动的人潮不过是月亮的阴影

有一天，河岸颤抖如闪电，我知道是你到来

你渡船而来，在我生命的河流上驾驭一切

让过往所有的黎明重归我的旗下

让那些仓皇的、漂泊的、无尽的夜晚

带着崭新而轻盈的露水——醒来

（原载《草原》2024 年第 3 期）

迷　宫

◎黎　子

我的身体是一座迷宫

树根从头颅冒出

河流穿越脚踝

甜甜的手指，这欲醒未醒的花朵

血管如星辰遍布，骨骼清澈

蕴藏鳀鱼的秘密自北极而来

全身皮肤

一座携带历史的博物馆

这么多年，你观看我的视角

仍在外部游移

眼睛是最坚固的墙壁

你看吧

但你未曾知晓

这里既是终点，也是开端

既是无辜者的罪证，也是诸神之诗篇

一道闪电劈开黎明，一头母狮诞下落日

我活在方寸之内，也活在有限的无限之间

每次呼吸都带走一粒沙

我二十九岁，同时也十九岁，九岁

九十九岁。每条道路都经过我

每一条河流皆绕回此刻

我的身体是一个梦境

坠入它需要通过七扇门

七层玻璃。这里，太阳在扶桑河中沐浴

灵魂长久地停驻

时间无声而悬息

（原载《草原》2024 年第 3 期）

五 丈 原

◎黎启天

1700 年前，我来到五丈原
是从今天出发，星夜兼程

大雪覆盖过五丈原
风雨洗刷过五丈原

1700 年前我站在五丈原，望向今天
它还是横亘在苍穹下的一张祭神台
它还是横亘在人世间的一架古琴

而我，也没有变
还是从一棵小草长成另一棵小草

还是一棵小草连着另一棵小草奔向大地
奔跑过 1700 年里的一具具俗世肉身

（原载"中国诗歌网"2024-4-22）

晚　秋

◎李　南

不知不觉就进入了晚秋
山河依旧，人世却变幻莫测
五脏六腑仍在效力
记忆的粮仓里只剩下沉默。

一扇又一扇门在身后关闭：
回不去的青海。
得不到的心。
那些烈马青葱的日子。

命运四散逃逸
比野兔还快。

但世界依然缓缓流淌——
斑鸠和灰鹤弹琴唱歌
好人和坏人有时也会同谋
大雪覆盖枯叶，顺便也覆盖罪恶。

而另一个时空也将敞开
草籽掉进灌木丛

深渊一眼望不到底儿

死亡是棵苹果树——硕果累累。

（原载《草堂》2024 年第 2 期）

贺兰山下

◎李爱莲

蓝有了斑驳，白有了荒凉

踏不平的草，自己收割自己

风把墓园缩小为一粒草籽

土地萧条却有着层层叠叠的死亡和重生

我渴望有一种异样的声调

大漠和黄河，飞扬似号角坠落如琴声

所有的画面满是涟漪

所有的足迹赤裸而荒凉

世界出没，星辰迷陷

马匹经过，左口袋有盐右口袋有枪

涌向笔端的语言闪闪发光

白云追逐白云，寂静跌入寂静

草继续枯黄，风继续浩荡

一个午后，一条好路，我正好抵达我

（原载《诗刊》2023 年第 4 期）

九个屈原

◎李不嫁

屈子祠里塑造着九个屈原

一律峨冠博带、一律褚黑，愁眉苦脸

不难理解，如此长年累月

被供奉在空旷的大厅内

谁不会面面相觑

乃至分不出哪一个是真的自己？

如果不是我们冒雨来访

给他们清点一下人头

江上的龙舟，在烟雨蒙蒙中也许会更为孤独

我说冷，其中的一位赶紧脱下外套

我说下山路滑，另一位递过脚上的长靴

我说雨水浇灭了我的烟头，他们齐刷刷掏出了火种

（原载《诗潮》2024 年第 4 期）

远去的手风琴师

◎李海洲

她拉散蝴蝶、婚姻、诗句
拉出阳关和卷发的清晨。

一琴独行足以冷冻余年的光。
她看见折叠的纸鹤醒来
从墙上挣扎出暴雨后漏风的窗。

远走难道是破局的唯一手法？
她在高铁上回望深爱的城
风雨起，儿子留存早秋的琴房。

解散的婚姻依旧拖累方向。
琴键按下，她在黑夜里向隅而泣
这异乡人，又要奔赴异乡。

那些熟悉的街道就要被替换
还有胶漆的暗恋。她听见惊雷
滚过心底，那是生活喘息的声音。

她集合心疾、行囊、离酒。

她拉琴，把自己拉出了重庆。

（原载《诗潮》2024 年第 2 期）

渡

◎李少君

黄昏，渡口，一位渡船客站在台阶上
眼神迷惘，看着眼前的野花和流水
他似乎在等候，又仿佛是迷路到了这里
在迟疑的刹那，暮色笼罩下来
远处，青林含烟，青峰吐云

暮色中的他油然而生听天由命之感
确实，他无意中来到此地，不知道怎样渡船，渡谁的船
甚至不知道如何渡过黄昏，犹豫之中黑夜即将降临

（原载"原乡诗刊"微信公众号 2024-04-01）

寂　静

◎李少君

这小地方的寂静是骨子里的

河中流淌的春水，巷子里的青石板

篱笆间的藤与草，墙头跳跃的一只小鸟

……一切，都深深地隐含着寂静

寂静的，还有院子里那个空空的青花瓷瓶

等待着一枝梅或者一朵桃花的插入……

寂静的，还有孩子敲打门窗的声音

——寂静，是被敲打出来的

（原载"原乡诗刊"微信公众号 2024-02-01）

去　信

◎李双鱼

我在春日来信的结尾

看到雪花的签名有些走心

北方的窗边有一个人影

他在等待春天的来临

我在南方的城市里游荡不羁

小雨冒出来了，枝头繁花

也会随着绿油油的一片春光

在某个清晨闪现。他独自出门

喜欢春天的气候和陌生人搭话

你好，如果能够早一点遇见你

我就不会躲在寒冷的树洞里

阅读那封被春天收藏的书信

枯枝败叶已成过去的年轮

动物们凌乱的脚印已经消失

我有一棵春树需要附送给你

请你登陆春天的头条下载吧

树先生，我的开头总是这样

你应该也能意料潦草春去也

（原载"深圳文学"微信公众号 2024-03-12）

在贾家庄玻璃厂

◎李元胜

脱下沙子的衣裳，再脱下火焰的衣裳

这些不可见之物，终于围拢过来

获得一个全新的身体

它是空的，或者说

它装满了与生俱来的空

即使粉身碎骨，也不可夺走

装满水的时候，它仍然是空的

装满酒的时候，还是这样

有些空，永远无法填充

在穷人的桌上，它是空的

在富人的手上，它仍然是空的

甚至更空

所以，它不是身体

只是围绕过来的不可见的手

永无休止地交错着、编织着

所以，当我们创造出全新的容器

也同时创造出了全新的空

我们的劳作，不曾填充自己的空

只是让它

拥有了清晰的边缘和形体

（原载《人民文学》2024 年第 2 期）

给

◎李元胜

爱情里有真理吗？没有

多年后，我们分手时，它出现了

秋天的果实里有真理吗？没有
当苹果离开树枝时，它出现了

真理总是避开喜悦，避开蜂蜜似的事物
它低着头，走着，有着苦行僧的孤独

真理近在咫尺，又远在天边
它穿过漫长的时代，也穿过两个孩童的争吵

其中一个大声说：真理不在我手里
还好，它也不在你手里

我记得，你的眼睛突然明亮："在不在我手里呢？"
你太美了，亲爱的，真理已经避让三里……

（原载《人民文学》2024 年第 2 期）

橡 皮 人

◎李长瑜

曾经看一部剧，眼睛就像是拧开了水龙头，
就有哗哗的大水。

现在人老了，干眼症，医生说

已经不会流泪了。

地震，不会流泪。火灾，不会流泪。

战争，也不会流泪。

不会流泪就不会吧，可我总想借一把锥子，

戳自己几下，

看看出不出血。

（原载"诗居然"微信公众号 2024-04-29）

倒淌河小镇

◎ 梁积林

水倒流。倒流的水蚀刻进了草地

曲里拐弯，如版图上的

一根银线。抑或就是一根马缰

向西的路上，一步一回头地徜徉

忽一念：愁肠

想到这个词的时候，我就像是在寻找什么

四顾茫茫，更远的茫

落在了日月山上

河边上拴着的那匹马

突然就尥蹶子甩鬃，嘶鸣了一声
好像它有多大的感应

两只大雁
一双皇靴
被谁穿着

随想起，拉我们的那个司机叫还以杰
这名字，在唐朝
也一定是个迎亲的使者

（原载《六盘山》2024 年第 3 期）

驻足日月山

◎梁积林

我在日、月两面镜子里来往穿行
似在寻找，似在聆听。凝目的当儿
还还原出了一个大雪隆冬的时辰：
一队驮牛在爬赤岭
两个使臣交换着书文
一只鹰叼着发红的太阳出了云层

我转身回望时，不由自主地念诵：

回望。忽而颤栗

一种说不出的情感涌向眼眶。继而，又

倒淌进了心里

我双手合揖：文成公主

已然成了一句佛语

我还想再造一个适合唐蕃古道的瞻溯

造一句适合我寻找来生的密语

说一次，就像是在我身体的炉膛里

煨了一把柏桑——坡上，

如缕茖茖的经幡

仿佛时间迅疾汤汤

（原载《六盘山》2024 年第 3 期）

一只白鹭突然飞起

◎梁久明

一只白鹭突然飞起而被我看见

它像一小块低到最低的白云

以慢到最慢的姿势

轻轻擦过刚刚站直的秧苗

我正在打药，喷雾器趴在背上

腰身略微弯曲，以适应它的重量

我看上去像一只衰老的笨熊

拔脚、落脚，每一步都不轻松

收敛翅膀，白鹭细长的两腿

稳稳落在那边的田埂

身子倾斜，脖颈挺直

一堆雪的样子是那么安静

芦苇高于水稻，稗草钻出了水面

所有的杂草都不请自来

用不了几天，不会主动离开的它们

就会枯萎，整片稻田将绿到最绿

季节送来庄稼的生长，也遣来白鹭

像贴心的祝福，在我劳动的边上

飞来飞去，直到

风吹霜落，稻谷归仓

（原载"大荒山文笔"微信公众号 2024-04-30）

欲　望

◎梁小兰

一只飞翔的鸟的欲望是什么？

一只快速爬行的毛毛虫的欲望是什么？

一只掘地的地鼠的欲望是什么？

一株被风吹得东倒西歪的草的欲望是什么？

一朵蒲公英的冠毛四处飞散，它有没有欲望？

我站在南山上，望星辰起落

我的欲望落满

黄昏的雪花

（原载"望他山"微信公众号 2024-02-27）

祈 使 句

◎亮　子

我们要去丛林里干什么

零落的浆果自然会被动物们吃掉

我们要去高冈上做什么

落日低徊，无数影子镶嵌其中

我们要在田野上弯腰做什么

玉米林和甘蔗林都散发着甜蜜的气息

我们要在小路上徘徊多久

大雪降落，覆盖着熟悉的屋顶还有山梁

我们要逆流而上寻找什么

回暖的气流和家乡一样召唤我们

我们要在工厂的车间里劳作什么

要被打磨的已经足够光滑

比如落日这枚小螺丝

我们要关切地询问什么

教堂的钟声在响彻，忏悔和预谋同时在进行

我们要爱情做什么

它那么虚无甚至不可言说

但当我们相拥在一起的时候

应该是触摸到了对方的灵魂

我们要去哪里逃避生活呢

讨论着天气和收成，有时还会骂娘

我们弹琴做什么呢

不是给牛听，是给喝醉的我们自己

我们还能做什么呢

做什么都羞于开口

（原载"诗探索"微信公众号 2024-03-06）

小 径

◎亮 子

地面上已经没有什么了

野草枯荣，覆盖河流的雨滴经过了热带雨林

七叶树和象群一样在奔跑

从它的内心里漏出多少光斑

让我铭记你的存在

你没有对我说风中带来的雨雪

将有很长一段日子

我们要去捡拾松果和甜蜜之物

你学会了酿酒，用马奶子和野果混合而成

你也学会了制作奶酪

用新鲜的羊奶和酸甜可口的酥油

你从哪里学会的你并没有告诉我

你成了我的妻子了

带着你家乡的河流与石头嫁给了我

你的一举一动都让我着迷

你是我眼中的烈酒和针叶林

我从你身上获取的除了温柔、甜蜜

还有另一样可贵的东西

写长信都写不完的爱情

正如秋天留给枫叶林

一条燃烧着的寂静的小径

（原载"诗探索"微信公众号 2024-03-06）

我们的一生

◎林　莉

至今未去的地方，就不必动身了

而未发生的相逢，也请勿念勿扰

生命长途中的泥沼和荆棘一并忽略

昨日，父亲谈到了时间的终点

最好是在太行山下，黄河边

一个人跟随大河奔腾，毫无悔意

在这柔软而阔达的人间

那些无法表达的未竟之梦里

河水运来了跌宕起伏的生平

就都扔在原野吧

岸边橡树林暗中又长高了一寸

一群啄木鸟伸出长长喙轻轻啄

时间的尽头——

高处的橡实和啄木鸟

如何掩住风声，扑向坚实的土地

而风，正推着世上所有的河向天空飞去

（原载《人民文学》2024 年第 3 期）

偶　然

◎林　莽

我们到底为什么歌唱

当太阳西沉　冷风吹进雨后的竹林

几滴未被饮下的红酒溅在了 T 恤衫上

它们来自哪一片土地的哪一枝葡萄

有时我会想　如果错过了某个时辰

一个事件也许就再也不会发生

两个相恋的人也许不会相遇

命运同样不会再那样捉弄某些苦命的人

尽管太阳每天都会升起

但时光一去不再回来

有时　我们真的不知道为什么歌唱

是啊　几滴殷红的葡萄酒

它们没有被持杯者正常地饮下

却错误地溅在了一件白色的 T 恤衫上

（原载《草原》2024 年第 2 期）

遗　址

◎林　莽

一条大河在这儿拐了个弯儿

一位暴君试图用荒淫逃避恐惧

那么多堆积的象牙，粘在一起的龟板

记录下了事件和占卜的卦辞

细雨落在遗址的沙石路上

历代的亡灵仿佛在脚下窃窃私语

一位殷商之后的王在数里外的土丘上

演绎着通晓这个世界的密语

隐约间的妄念也许会伴随一生

总有无法摆脱而又期待实现的意愿

在不断地失落中铸成铜鼎

一种似有若无的失落令心灵更空旷

谁的回声在遗址的寂静中鸣响

你看，人们总想在寂寥的星空寻找真相

注：安阳殷墟遗址让我们回到 3000 年前，一个嗜血的君王荒淫无度，被囚禁的周文王在羑里城演八卦。那些遗址上曾经的先民有过怎样的生活和对神灵的期待与向往。

（原载《草原》2024 年第 2 期）

孤　星

◎林东林

一束光从远处赶过来

靠近我又越过我

赶到远处去了

慢慢变小变暗的一束光

一个小伙子

或者一个有络腮胡的汉子

正在驾驶着它

那是我想象中的一部分

那个冬夜里的赶路人

不会知道我

不会知道我醒了

透过一扇窗户正望着他

望着他离开之后

又暗下去的那片夜空

天还在黑着

一颗孤星挂在那里

那是另一束光

它被什么驾驶着

从另一个遥远的地方赶过来

准确地抵达这个凌晨

这扇窗户外面

代替着已经消失的那束光

被我看见，被我看着

（原载《诗刊》2024 年第 2 期）

一树的鸟

◎刘　春

一树的鸟被光叫醒，睁开眼睛

泼墨一般散出去了。有的走了很远

在水草丰茂的地方寻找食物

有的在附近乱转，试图为头一天捡漏

有的悄悄钻入另一棵树，藏在

浓密的枝叶里，继续消极怠工

也有三三两两在天上不愿意下来的

那是少年在练翅膀，恋人在炫耀爱情

黄昏的时候，它们都回来了

密密麻麻地站在枝头上，这是

分发战利品的时间，接受者是自家孩子

这是拉家常的时间，但没有听众

每一只鸟都是叙述者，整棵树

都是声音，像一只长满嘴巴的音箱

当西边的最后一道光线消失

它们隐入黑暗中，大地安静了

偶尔发出几声"叽"或"喳"的声音

那是一些鸟儿在说梦话

那是一些鸟儿不小心翻下了床

（原载《星星·诗歌原创》2024年第4期）

悲　伤

◎刘　莉

我看它的时候

它也在笼中看着我

它淡绿色的羽毛透着光亮

我羡慕它鸣叫时

那种让人想象的空间

——蓝蓝的天空下

它轻盈地飞过

想到这

我就不由得替它悲伤

——那个让它失去自由的人

我也替他悲伤

（原载"崆峒雅集"微信公众号 2024-03-27）

摩托车与花岗岩

◎刘　年

时间并不流逝，流逝的只是生命

我顺从生命，反抗时间

时间统治世界
把万物带入分离、无序和虚空
并不征求你的意见
这是不对的

速度越快，时间越慢
快到一定程度，时间就会倒流
摩托一百零九码
蝴蝶变成了弹片
空间开始松动，时间开始变形

此时摔出去，会不会
像无数次摔过的那样
掉在床下，大梦初醒

柴火带着松香
父母和两个姐姐都在
听到地板响，父亲
最先转过头来
那时，他比我年轻二十岁
是个岩匠

如同我用一根绳子
能让几百斤的老牛乖乖听话

他用一根钢钎

能让几百斤的花岗岩

变得温顺起来

只有四百多斤的花岗岩

才能形容他留给我的愧疚

花岗岩

还在生长

（原载《诗刊》2024 年第 2 期）

风 吹 来

◎刘　颖

羊挂在铁架上，风一吹

牧羊人的刀子就立起来

有人割走肉

有人剔下羊排

羊毛浮起风

跟在草原上时方向一样

刀在羊身体里藏得很深，刀把在羊外

像它背过的木柴

风吹来，一小部分羊在铁架上抖动

它吃草时也这样抖动过欢喜的身体

黄昏里，羊一点一点

被刀取走

阳光矮小，照着路边的青草

也照着草原上孤独的草

风轻轻吹来

（原载《山西文学》2024 年第 3 期）

屋顶上的云

◎刘辉华

我在小镇上住了很久，

我知道有一天我会离开。

我记得小时候，我看见了一朵云，

一朵玫瑰色的云，静静躺在屋顶上，

它曾向我预示，幸福的到来。

后来我长大了，它没有再出现。

后来 我从一个城市，游荡到另一个城市。

后来 我只是把远方的列车，

当成反复逃离的出口。

而过去没有意义了，

过去是月亮隐秘的伤口。

我等待故事结束，我等待老去，

我在等待一个没有名字的水手，然后嫁给他，

跟他一起 风中流浪 云里成家。

我们会在星星群岛上宣誓、唱歌、喝葡萄酒，

交换吻 和许多柔软的爱意。

如果有一天他先死了，

我就回到小镇上重做一次梦；

如果我先死了，我就要变成

屋顶上那一朵玫瑰色的云，

让我的孩子们都看到。

（原载《星星·诗歌原创》2024 年第 4 期）

爱人制作

◎刘棉朵

晚饭过后，我在厨房里

给面粉撒上了酵母

面粉将在今晚悄悄发酵

但是明天

这些膨胀的面粉

不会被用来蒸馒头

一盆香喷喷的面粉

将要用来制作我的爱人

他的傍晚

和天气

我将会给他一头狮子的须发

征服一个国家的勇气

鹰一样的眼睛

有悲悯的内心

十个图书馆

一百艘军舰

和九百万平方公里的草群

和马

给他一支笔

一根火柴

伤疤、胎记和脾气

但不给他偏头疼和失眠

给他鸟巢、晚餐

和三十一个节日

不给他一根黄昏的柱子

不给乌云和衰老的牙齿

给他黎明的纽扣

和一首月光曲

可以反复地吟唱

给他爱、马达和永不消逝的魔力

不给他十字架

我的爱人制作好了

我会站在厨房里轻轻吻他一下

给他一滴

我手心里的血

看着他开始呼吸，走动

并和我交谈

时间从第五幕向后飞转

银币般闪烁的碟子和碗

爱人制作好了

给他一个名字和星座

给他一封信、地图和罗盘

让那独一无二的爱人早早醒来

让他黎明时就开着一艘大船来爱我

让他天生就有灵魂，我喜欢的气味

和我多次梦到的一样

和我天上的父亲很像

（原载"1号旅馆"微信公众号 2024-04-10）

南国丛林

◎刘笑伟

临近傍晚，被没有名字的

虫声包围。山顶已没有路
走的人多了，形成的小路
还是被野草迅速覆盖

夕阳漫不经心地出现
啜饮着野果酿造的
红色酒浆。丛林变得沉醉
而又小心翼翼地捧起一朵朵
面对旷野高声朗诵一天后
显得疲倦的野花

我还是喜欢在这样的时刻
一个人用脚步回答
大地的询问
山中的每一条道路，都词语缤纷
说着一些意味深长的话语
我的迷彩服，已融入了
眼前这片丛林。作战靴
如泥土一样的颜色
让大地有了战士的韵脚

夕阳中漫步，火红的界碑
就在前方，我把手匕首一样插入
覆盖着松针的泥土
感受到大山的体温
是如此滚烫。几枚锈迹斑斑的弹壳

在我的指尖下，一言不发

为我的远行，触摸到了

多年之前的深沉记忆

（原载《福建文学》2024 年第 1 期）

看 云

◎龙 少

暮晚将最美的青铜色给了我

任我在低处行走时依旧听得见

永恒的流光之声

秋日的丰饶从一场盛大的雨水开始

热闹的赞歌被季节按时打磨

我走过成熟后的原野

云朵有时在头顶，有时在山顶

移动的画面如摊开的书

我读着未曾读懂的部分，尝试从纵横

疏离之间找到微微倾斜的声响

我爱过这片原野完整的暮色

和暮色之下密集的水

我也爱过原野之上灰白的苍穹和星辰

他们如久别的故人

保留着我记忆中的脸庞

远处的房子垂垂老去

做旧的工厂和悬崖如孤独的壁纸

从暮晚中隐退，而我已到中年

偶尔，站在窗前看云。

（原载"诗探索"微信公众号 2024-02-04）

夜晚的记忆

◎龙　少

当星辰在初夏夜空拨弄自己手指时

我的父亲正从工地回来

坐在门口的石墩上拍鞋上的土

母亲做好晚餐后，在微黄的灯光下

做衣服。那是极为温馨的记忆

当我行至中年，我依旧记得那盏灯火

和院门外的星光

我不止一次描绘过它们

像描绘故人

后来，我努力接近它

接近生活，流水和星辰

直到它们成为我生活的一部分时

我在灯下看书，孩子在我身旁

弹奏钢琴。这是我想要的夜晚

我的星辰落在它的流水之上。

（原载"诗探索"微信公众号 2024-02-04）

消失中的惊艳

◎龙　少

风吹田埂上的草木，也吹山顶的云

山下的老房子已无人居住

坍塌的院墙和掉落的树叶像生活

分裂的两种孤独，我们在这些孤独中

充当时间的梦游者

偶尔将一些梦递往远方

我们怀念旧时光，如同留恋眼前的风景

有时候落日也是风景，带着金黄的

薄纱般的悲欢，离我远去

当我坐在老家的山顶，看落日缓缓

带走一个完整的白昼，消失中的惊艳

让遥远的空阔离我如此之近

我见过最美的秋日

大抵如此，落日和晚霞属于我

微风，草木和你，属于我

（原载"诗探索"微信公众号 2024-02-04）

住亲子房的女子

◎隆玲琼

我给 6615 的房客搬过去一大箱玩具

有拨浪鼓，床铃，积木和不少玩偶

觉得不够，又补送了温奶器和额温枪

那屋的孩子实在是哭得太揪心了

那个颓废的单身妈妈倒没有什么可让我担忧

上帝已经给她送出了

这肤浅的痛苦和这啼哭的孩子

（原载《山西文学》2024 年第 3 期）

秋日，范家林村

◎路　也

把唐朝的那个秋日嫁接到

如今这个秋日上来

策马扬鞭与乘坐长安福特，有何区别

注意，我们的车型名称里

有他们共同爱着的长安

晚来了一千多年
玉米垛金黄，白菜碧绿，小狗站屋檐
昆虫在衰草间踉跄，杨树林唱起悲歌

村东头，公路桥边，通讯铁塔发射的无线波段
覆盖智能手机，覆盖了唐朝
东鲁的郡县

中国最伟大的诗人
请你们接收我们发去的信号

季节盛大，端出秋蔬、雪梨、酸枣、寒瓜
大醉之后，吟《橘颂》，咏《猛虎词》

阳光照耀过诗人，照耀过他们造访的隐者
如今映在我们身上的光芒依然新鲜
秋风横扫旷野，横扫历史
洞察一切却不泄露天机

尽量把步伐放慢些吧
以辨认当年诗人在荒坡迷路时
沾挂衣襟的苍耳

（原载《诗刊》2024 年第 3 期）

清理牧场

◎吕　达

牧场等待我去清理。如果爱是决定，是责任
我所要做的就是面对这堆粪土，在日落之前
它们等待我的工作，等待被重新晒干
然后被投入火中。
光明和温暖从来不言语
我把热茶递给了需要它的人

（原载《草地》2024年第2期）

无名无姓

◎吕　达

清晨，我把羊赶到草场
因为草地殷勤而无声的款待
这一天，我将充满感激地度过

这一生，我无数次赶散羊群又聚拢它们
对弱者来说，爱不必是拥有

但我已经拥有太多

我已经不是十年前的那个女人
我选择了另外一种生活
天上的云来来回回
日暮时分，我把远处的人又想了一遍
羊群惊起阵阵尘埃
他亲切的眼睛我还想再看见

（原载《草地》2024年第2期）

兄 长

◎吕 征

早晨起床，从单位挖回的小葱兰
依然白亮亮地开着。

不记得它们消失了多久。就在上周，
偌大的院子里，突然冒出这孤零零的一株。

想给你打个电话，近段时间总惦记着。
也没什么可说，只是想听听，你的声音。

你声音里有烟、酒、墨香，

有我记忆里熟悉的大漠孤烟的气息。

每天上班，都经过你家附近。城市
这么小，十五年来，我们连偶遇都不曾有。

年年生日，都会收到你的信息。
像以前那样，你叫我小妹，和丫头。

在屈指可数的几次电话里，
我们交谈的内容，家常得像杨树叶子。

聊到彼此日渐增多的白发，水流
打了个旋儿，改道而走……

想起那年秋天，你们来单位看我，
满院子盛放的葱兰啊，鸟群一样盘旋。

刚下过小雨，你走在人群的最前面。
那一刻，时间变得迟缓，仿佛置身于万水千山。

昨夜梦里，你再次离开。
你让人交给我：一束鲜花，一把青菜。

（原载《江南诗》2024年第2期）

鹰

——赠韩东

◎吕德安

开窗望去：一只鹰的身影

吊在空中已很长时间，

那静止的一幕恍若隔世，

似乎它喜欢这样把大地丈量

将山山水水看个仔细，而

这般地穷其一生，高兴中间

隔着一道寂寞可是叫人思慕的生活？

或者它符咒般地映在天空，

叫人一天眼帘跳个不停，

回到屋里还感到晕眩，

只好向着窗户苦思冥想；

我曾经不止一次地朝着那

黑点的天幕喊去——不止一声，

直到它拍起翅膀才敢释怀；

甚至家也搬到山上，用乱石堆砌，

似乎这样靠它近些，才好去证明

眩目的天空并非空无一物——

今天它豁然凸现在山顶，

又好似要销声匿迹——消失在

光的缝隙里，而我埋下头

把一首诗写得又长又短，

这是否也算作一种回应？

或者我真该再喊一声，

让这一天不再死一般沉寂，

或用力将石头一块块抛去，

再抬头仰望，直至目光充盈。

（原载"1号旅馆"微信公众号 2024-04-17）

漆 树

◎罗逢春

不要怜悯它

它的命运是刀子

它因体内藏着一条微毒的河流

而上了刑场

它以为隐藏得很好了

可惜皮不够厚

如同纸包不住火

它被一刀一刀地割开

流出黑血，浓稠得似乎是伤及动脉

它依旧挺立，沉默

似乎无事发生

它没有死，这很幸运

它没有死，继续着挨刀的命运

它没有死，甚至活成了一种奇观

但这是值得称道的吗？告诉我

当一个拥有这么多嘴的家伙

承受如此多的丧失而不能发声时

除了叫漆树还能被指称为别的什么东西吗？

（原载《当代·诗歌》2024 年第 2 期）

孤独的夜行人

◎罗霄山

一个愿意在夜晚出发的人，
要允许他拥有选择岔道的自由——
我们的黑暗成为别人的光明，
某些时刻，真理只在少数人手中。

允许夜行人打着响指，吹起口哨，
穿行于鬼影幢幢的垭口。他一直
没有回头，毫无眷念之情，不用
担心，他就要离开我们的视线。

除了他的火把，他不信任任何光。

他走在崎岖的山路上，进入冥想的
康庄大道。我们不理解他，是不是因为
从未被召唤，或者失去感受召唤的能力。

我们随着人流走得太远，人群越拥挤，
喧嚣，我们越是比夜行人更加孤独。

（原载《山花》2024 年第 2 期）

在 宋 朝

◎洛　白

是日破橙暮色起，人脸如梅花
浸在去年的风霜。山高月小、雾锁寒江
你素白的手臂闪亮，永留一场清雪。

宋朝的茶随手接来，树皮潮湿夜灯黄
晚风吹行舟，行舟不管星河冷。
隔江观一副副皮囊，被人事反复浸泡
马蹄哒哒，过长亭短亭，泥土飞扬
那水仙低声部的合唱，被黑暗付之一吻

在古代，我拿起昏沉的乐器，石头般静坐
什么也不弹。只静坐在红叶纷飞，但我

有知更鸟的情态。独饮，想起木芙蓉的开落

我有着静待的勇气，去过枯寂的生活。

（原载《扬子江诗刊》2024 年第 1 期）

平　行

◎马　拉

我在院子里喝水，群山赞叹不已

百鸟飞尽，一只不知名的飞虫从湖面飞回

它有蜻蜓般的身躯，只是更加瘦细

通体浸染难以描述的酒红，不像来自人间

尾部微微卷曲，像蕨类还未完全舒展的新芽

眼睛和翅膀被明亮的光轻轻抚慰，

多好的虫儿，它停在我的茶杯边缘像是

对我充满好奇。它看到的和我看到的

必定不一样。在首都科学馆，我用人类的方式

模拟过蜻蜓的复眼，空间用另一种结构呈现

让人惊异的平行宇宙无时无刻不在这里。

待鸟儿傍晚从海边飞回，它们已经吃饱了

满腹的鱼和海草滑腻的咸腥味儿，我已换过茶

还是早晨烧开的水，小虫早已从杯子上弹开

多好的日落啊，群山怜爱地将它收入怀中

（原载"诗探索"微信公众号 2024-02-05）

松 树

◎马 拉

我和一位朋友走很远的路去看一棵松树

一棵普通的松树，拥有巨大的名声。

下午时分，我们到达松树附近的观景台

一块突出的岩石像鹰一样张开翅膀

因为恐高，我不敢离岩石边缘太近

好奇心又驱使我向前走了两步，紧张的石头

压迫着下方的云雾，平视对面灰驳的悬崖

春天的杂花以美的名义修饰崖面，活泼

鲜闹。巨大的松树贴着悬崖像一只壁虎，

它为什么要贴得那么紧？我见过别处的松树

向前伸出手来，像是要乞讨高处的月光。

你想不到有这样的松树，朋友指着它说：

像夹在书中的树叶标本。我确实没有想到。

我们走那么远的路过来，就是为了这个意外。

（原载"诗探索"微信公众号 2024-02-05）

哥好鸟院落

◎马　拉

珠海小说家韦驰告诉我，如果仔细听
"欧嗷欧嗷"并不是它的本音，关于这只鸟
有一个动人的民间故事，因为羞怯
它习惯藏在树梢将哥哥的美名大声传扬
"哥好，哥好"，这是它唯一掌握的语言
它名字的伤心来历。不用细想也无须证实，
他必定幼年丧父，他必对不起如父之兄
他必葬于面壁之山，化身为黑鸟世代悲鸣
赎罪不止一世。落花不忍人间如此轮回
大树之下，年轻的妇人将头巾扎起
黑色的猫伸展开四肢嗅着春桂的香味
蝉声尚还未噪，鸟鸣让嫂子的庭院更加幽静。

（原载《作家》2024 年第 4 期）

浮　生

◎马丙丽

黄昏，在河边，看一条河波光闪烁

无声静流。岸上，一蓬苦菜花

从名字就可看到它布满荆棘的一生

苦啊，但仍开满白色小花

一片叶子在水中，一会儿浮于水波上

一会儿沉下去，挣扎于明与暗之间

鸟群托着镶金边的云朵

翩然隐于河边小树林中

暮色中，一切事物开始暗下去

面容开始模糊，四围归于寂静

唯河面粼光万千，偶有水波拍石之声

万物都要在黑夜这条河中沉浮

像河中那片落叶

有时深陷黑暗

有时抓住一片粼光

犹如抓住一块浮木

（原载《诗刊》2024 年第 3 期）

白 洋 淀

◎孟醒石

凌晨三点，我在黑暗中醒来

感觉自己像一根莲藕，躺在淤泥里

如果我不生长，就会腐烂

写作，就是生长

捅破淤泥，浮出水面

开出朵朵莲花，结成大把莲子

实际上，哪有这么顺利

淤泥也在不停地生长，蠕动，扩张

对聒噪者封喉，令叹息者窒息

实际上，我并不是莲藕

莲藕有九个孔洞，藏着

纯净的水和空气，就有九条命

而我的骨头中，只有一个孔洞

藏着骨髓，命也只有一条。我知道

这辈子再怎么写也不可能超越莲花

但我侧重描绘那些在淤泥里

旁逸斜出的事物

比如芦苇、蒲棒、船桨，还有划船的你

（原载《当代·诗歌》2024 年第 1 期）

我知道死亡终会来临

◎莫小闲

不必为我哀伤，当晚年深秋的浓雾
将我完整吞没，茫茫人世间
我早已告别了自己的名字
只剩下庞大家族的某个称谓

我将是最后离开人世的曾祖母或曾外祖母
白发苍苍，牙齿掉光；身材矮小，颤颤巍巍
像一截即将燃烧到尽头的蜡烛
散发着固执而微弱的光芒

尽管长久地活着，失去了丈夫
也失去了性别。我还是让自己保持
最后的体面和尊严，倔强地独居于昏暗的陋室
维持某种不近人情的怪癖
我的一生将如一间衰老的阁楼，神秘又庄严
隐晦的故事在风中草长莺飞

我将于某个浓雾散去的傍晚
赤裸成婴儿的模样，顺着祖先的指引
向那更深处的丛林缓缓归去

（原载"中国诗歌网"2024-4-22）

一览无余的白

◎默 风

远处的白，近处的白

它们来自昆仑山、祁连山、唐古拉山

每一座山的名字都被它们占有，在古老的空间里

纷纷扬扬。可现在是八月

何来雪呢？但我分明看到

几千年前的雪，高原的雪，沙漠的雪

草原的雪，在同一天飘来

现在，我看到的它们都不是风景

是故人

（原载《草堂》2024 年第 1 期）

礼 物

◎那 萨

生命的琴键上奏出黑键的部分

秋风吹散秋雨的时辰

被一场空压着

古老的马车在古道上

留下车辙的声响，风声、鸟鸣

原野上金色麦浪起伏，或

宝蓝色湖泊泛起晶莹浪

与众神坐拥的山脉呼应时

光对水滴的美好抚慰

声音逆流而上

解开听觉的纽扣

你在遥远的蜀国

收集大地的噪杂与寂静

（原载《诗刊》2024 年第 3 期）

慷　慨

◎那　勺

坐在河边。有众多的可能

出现在下一秒

你不能做什么？

栾树是去年看见的那棵

树叶一片片飘落在水面

止不住，打旋

它们害怕死去？

没有人性的光

记忆温暖……落下了——

本来就已死去

万物看到的春天并不一定是真的

河水湍急，不舍昼夜地流着

河流比任何人知道得多

你不能解决的问题

在它这里，可以轻松解决

雨下着

一个人在河边全身湿透

也不打算离开

时间不能给予的，雨慷慨地给了

（原载《诗潮》2024 年第 2 期）

栀 子 花

◎泥　巴

此刻，妻子的幸福

是从厨房出来，就看到一捧带着露水的栀子花。

此刻，我的幸福，是为她擦去额头的汗水，

看她轻嗅时，翕动的鼻翼。

一只很小的黑蚂蚁，妻子"呀"了一声。

我用纸巾

把它从花枝上解救下来，走到窗前，

轻轻抖落。

——它将回到来之前的大地。

轻而小的生命是摔不死的，这是黑蚂蚁的幸福。

说到轻而小的时候，

走到窗前的妻子抓紧了我的手指。

她和我都知道。轻而小，很多时候是说的我们自己。

（原载《诗刊》2024 年第 4 期）

白 发 集

◎牛庆国

当流浪者回到故乡

只带着沉默

在一个埋着磁铁的地方

发现了自己的白发

一棵草的枯黄

一定经历过秋天的疼痛

在你的字典里

有些字　已经被删除

原谅吧　对亲人的原谅

就是对自己的原谅

宽恕吧　对仇人宽恕

是因为你也是仇人

想想大地

无非是时间灰尘的堆积

所谓诗人

就是少数心里长草的人

（原载《朔方》2024 年第 3 期）

断　章

◎牛庆国

亲人们知道

我身上有几处伤疤

那是我的标识

或许电流的短路

不该叫做事故

我的迟钝　是因为走了弯路

我们经过的每一朵花都亮成路灯

吹过我们的每一缕风都有浩荡之声

当一条河成为另一条河的支流

有一次　影子忽然对我说了句什么

我就站在那里愣了好久

（原载《朔方》2024 年第 3 期）

口　弦

◎诺布朗杰

竹子做的口弦，有流水的声音。少女们弹爱情

妇女们弹生活。男人们留下来，做口弦

口弦好弹，情话难说。你再不说，未婚的女子
就都一个个要嫁人啦！

你有老虎的胆；你有鹦鹉的舌；你有蜜蜂的嘴
可你到底有没有自己，一颗真诚善良的心？

悲伤的人把悲伤留在口弦上。快乐的人把快乐
留在口弦上

像我这样不痛不痒的人，没什么可留在口弦上
只能把一首写坏的诗，留在口弦上

（原载《晚清》2024 年第 1 期）

牵着一只阿拉斯加回故乡

◎潘洗尘

酝酿了整整一年的计划
就要启程了
我要牵着一只巨型阿拉斯加
步行回东北

曾被我诅咒过千万次的雪

还是要来了

我的故乡

4800 公里很远吗

在路上　一个人和一条狗

究竟还会遇到多少人

多少狗

这一路　会有多少人

给我们食物和水

到时候你看看我

随身携带的笔记本

就知道了

一个人

和一条狗

在路上　走啊走

大多数时候

他们都是沉默的

偶尔也会

和擦肩而过的人

打个招呼

但没有人知道

在路上　一个人

和一条狗

他们是要趁着

第一场大雪落下的时候

赶回故乡

（原载《江南诗》2024 年第 2 期）

概念冰箱

◎彭　然

冰箱该换了，里面冻着的

前几年的某些念头，又溢出来。

很危险，我检查了

电路，发现是冰箱坏了。

换个厂家生产的冰箱

我觉得最安全。对于冻住念头

设置多久保质期，生产者最有把握。

没关系，我们决定全家都用

这种冰箱。有个问题是

在把之前冻住的念头

转移到新的冰箱中这个过程

一定要小心。千万不要让它，落在地上。

因为地上有火，无尽的大火

从地底涌出，正疯狂地

灼烧着我们。而那冻住的念头

能帮助我们，缓解这灼烧

记得要通电。最好将那个装着念头的冰

丢出窗外，遥远又破碎的窗外

有一颗蓝色星球在鸣叫。

（原载《星星·诗歌原创》2024 年第 3 期）

问

◎秦　坤

阳光需要翻越多少岗哨

才能抵达一间牢房

围墙上的一株牵牛花

需要饮尽多少露水

才能恣意开出内心的呐喊

一个刑满释放的犯人

需要经过多少护栏和高清摄像头

才有机会跪在母亲面前放声大哭

（原载"诗探索"微信公众号 2024-04-06）

再访监狱遗址

◎秦　坤

我们再次回到了这里
红墙露出了斑驳的肉身
岗哨仍然高耸但已无人把守
厚重的铁门锈出了一个大洞
水泥地上野草倔强地伸出拳头

身处在这被春风覆盖的荒芜中
我想问一问你
是否还听得见那些被惩戒的哀号
和那些鼎沸的出收工的口号声？

是的此刻我们所站立的地方
多年以前曾是刑场
与你一样我也感受到了
一阵阵背后袭来的莫名寒意
电网上惊起的一群麻雀让我误以为
光天化日之下真的有枪口瞄准了你我
真的有人在你我背后
偷偷扣响了命运的扳机

（原载"诗探索"微信公众号 2024-04-06）

阳光与囚徒

◎秦 坤

清晨的阳光翻过高墙、电网、岗哨

最后爬上我的窗户跳进我的房间

释放的人要经过高墙、电网、岗哨

最后凭一纸文书重获自由身

当他走出监狱大门的一刻

一束光与一个囚徒互换了身份

（原载"诗探索"微信公众号 2024-04-06）

多 么 好

◎青 娥

草尖上的露珠，多么好

没有多一点，没有少一点

榴树梢的阳光，多么好

没有薄一点，没有凉一点

我的四肢、胳臂，多么好

愿意接纳，我的花裙子、工装裤

墙角里的刷子，懒人拖把
多么好，送我一个，明亮的好日子

瓦檐下的夕光，多么好
我还是，手捧金子的富孩子

彻夜不灭的繁星，多么好
可以照亮地下的亲人，转世的前程

（原载《诗潮》2024 年第 4 期）

在山顶，天那么蓝

◎清 香

风比我们跑得快
早已抵达了山顶

山顶是光秃秃的山顶
是金雕的山顶
是雪豹的山顶
是野牦牛的山顶
是石羊的山顶

是雪鸡的山顶

在山顶，看到的
还是一些熟悉的风景
我们爬上去做什么呢

（原载《青海湖》2024 年第 3 期）

爱情的样子

◎青小衣

石榴树倒下，房子已经搬空

露水是上苍给枝叶

的眼泪。生活的秋千在高空

晃荡得让人眩晕

欢爱离开了墙上的合影

钥匙离开了门锁

姐姐不再唱歌

她嫁给了生锈的婚姻

天还不冷，口中就能呵出白气

找不到合适的鞋子

她总是赤着脚走路，或者跑

她还老是记不住见过的人

桌上的瓷花瓶

被磕碰出细小的裂纹

新诗选

2024

夏

插在瓷瓶里的玫瑰并不知情

依然娇艳绽放。水一点点渗出来

瓶子湿漉漉的

似乎更像爱情的样子

（原载《当代·诗歌》2024 年第 1 期）

看石河入海

◎清水秋荷

就要到海的怀里了。石河的水

清了，也急了——根本顾不得想：

从燕山到渤海都经历了什么——

一路上，有多少水

淹没了水的痕迹，有多少水

还在淹没水的痕迹

它薄了很多，瘦了很多

是啊，厚的、浑的、肥的、浊的，都归了

横冲直撞后的沉淀。而现在的

重新拐弯，还不如说

是顺势而为

一条河到了海里，就不再叫河了——

低头汪洋，抬头苍茫

我再也认不出石河的水了

面对大海，它有了咸味，有了波涛汹涌，有了

无风三尺浪

在这个于河是结束、于水是开始的地方

谁也别试图去省略什么

（原载《作家》2024 年第 4 期）

林中行走

◎冉　冉

狼尾草、小翠云、野茼蒿，

木蝴蝶、天南星、半边莲，

六月雪、白头翁、胭脂扣，

千鸟花、安芦子、夕雾、白接骨……

我路过时记下这么多你们，

是突然想起难以计量的自言自语。

我一直以为它们无用无形不知所终，

却原来默然潜行到了这里，

用曲尽其致的色泽身姿形态，

为那些或欣然或苦涩的话语赋形。

这样的回向让我蹲下身来，

体会大自然的慈悲。

就像狼尾草弯向小翠云，

细长叶片如露水磨软的剑。

（原载《民族文学》2024 年第 2 期）

少年往日

◎人　邻

一根火柴

哄着废报纸

细细的劈柴，几块煤

不是点燃，就是哄着

小小的火抱着，哄着

屋里冷啊

窗玻璃上蒙着霜

小弟在做什么

大弟挑水去了

我去买菜了

菜是能买回来的

水是能够挑回来的

母亲呢，母亲有母亲的事

145

纳着一家五口人的鞋底

那时候的生活多好啊
火柴的小火苗抱着，哄着
烟冒起来了
火起来了
屋子里暖和起来了
那时候的火真好
那时候的饭真香
那时候的家，怎么就忽地过去了

那时候的屋里铺着青砖地
一块一块的青砖那么干净
扫帚是干爽的，立在门后
下雨时候，有"嘭"的一声打开的
从洛阳老家带来的油布伞

那时候的馒头
搁在柳条的笸箩里，盖着白毛巾
清水盛在缸里
那时候的小桌子、小板凳多好
门锁、钥匙那么简单
自行车，可以骑到很远的地方

（原载《草堂》2024 年第 2 期）

鲁迅，归来

◎沈 苇

童年，永不终结的存在——
是一出生便尝到的五味：
醋、盐、黄连、钩藤、糖
是蜜饯、牛痘、万花筒
"射死八斤"漫画
与弟弟们演出的童话剧
是长妈妈的鬼故事
闰土送来的贝壳、羽毛
是安桥头的外婆家
种田，打鱼，酿酒
摇着小船去看社戏
是阴郁的老台门
和迷宫似的新台门
是父亲的病与死
家道不可挽回的败落……

从百草园到三味书屋
一头是儿童乐园
一头是启蒙学堂
从菜畦、皂荚树、蟋蟀之歌

到孔子牌位、四书五经

先生的惩戒和摇头晃脑

如同从旷野到书斋

从一个星球到另一个星球

仿佛一辈子都无法走完的路

鲁迅没有走完的路

我们装模作样跟着在走

从百草园到三味书屋

从一个景点到另一个景点

店铺林立，恍若集市

霉干菜、臭豆腐香味飘来

小乌篷船为旅游业忙碌……

而鲁迅，早已逃离

一个童年和故乡的逃离者

他的逃离，是决绝者的

硬骨头，对思乡病的逃离

是"一个也不放过"

对无限宽容的逃离

是"匕首"和"投枪"

对隐喻、寓言和叙述的逃离

是十六本杂文

对三部小说的"逃离"……

但，逃离者归来了——

五十六岁，三十八点七公斤

以一个十岁孩子的体重

一份枯槁，倒进自己童年

——他以一个孩子的轻

回到故乡，交还童年

（原载《湖南文学》2024 年第 2 期）

在机耕路上

◎涩萝蔓

漫山的紫毛苕已经开过了

几丛燕麦托着它饱满的籽，孤傲地

站在机耕路边上

从不远处的省道分支下来

穿越一大片遥无边际的田野之后

再踏上连绵的山丘，经过一座废弃的水库

机耕路蜿蜒着，逐渐消失于竹林

抵达村庄

三位老人衔着旱烟杆，坐在山丘最高处

一块被采石工遗弃的石头上

风缴获山坳里村人隔着水田遥相问候的声音

抛掷在我身边

摇曳的丝茅草丛中

我游荡着，像小时候一样

仔细观察燕麦、野蔷薇、山刺梨、开花的剪刀草

辨识它们的生命阶段，并有意绕开那三位老人

——在我的视野里，几乎是他们

在支撑起广袤的天空与村庄之间

我游荡着，像小时候一样

不肯相信，每一条岔路最终

都不过是通往一个确切的

有名有姓的地方

（原载《诗潮》2024 年第 2 期）

他知道自己如何度过一生

◎商　略

秋光晒在脊背

他把怒气编扎进苕帚

每隔四十分钟，公交准时下山

驶过他的工场边界

和他的怒气冲冲

秋光下，扬起烟尘

一个欲求无多的朴素工场

是他的世界中心

所有苫帚都会被卖掉

无论有没有好价钱

都被送到世界的每一个角落

在苫帚没有成为苫帚之前

竹梢是山上的竹梢

在风里抽出竹叶，颤抖

在没有成为老人之前

他在山上砍竹子

沿山坡滑下，再扛回家

现在他只能背一捆薄薄竹梢

白衣转眼就是苍狗

他知道自己如何度过一生

但不知道自己

为什么是现在这个样子

（原载《延河》2024 年 4 月下半月刊）

春　天

◎盛　婕

我买了两杯樱花拿铁

糖多的那份，给了堂弟

他在住院部二楼度过了元宵，守着
肺部感染的爷爷

如果不是爷爷把扎留置针的左手
又抠流了血
我们可以吃点炸串，再聊一会儿
听他笑着讲，年前送餐被偷
赔了二十多块

房价降了，堂弟想在县城买套房
我担心春天的雨水太多，路面滑得不像话

（原载"望他山"微信公众号 2024-03-02）

五 姨 父

◎盛　兴

每年到我家走亲戚
都是五姨和表弟先开车来
五姨父自己一个人
穿过五公里的郊外田埂
步行过来
上个周末

五姨父去世了

郊外的田埂上

少了一个走亲戚的独行侠

也少了一个

抓着把麦苗

到我家的人

（原载"1号旅馆"微信公众号 2024-04-10）

骑马的人走过苍茫

◎石才夫

现在的路，不适合骑马

幸好在乡下还有土路

软硬度适中，与马蹄包容

有一些浮尘

在骑马的人策马疾驰的时候扬起

有一片落叶

被马蹄踏出心形图案

而不被解读为伤心

骑马的人不急着赶路

他也不看花

他向路过的人打听桃村

在哪个方向

他应该是来过的

但时间久了

他也认不出梦里多次出现过的地方

骑马的人走着走着

就走近了

我们能看见马鼻子喷出的白气

看见他脸上的忧伤

但看不出

他的头顶的苍茫

（原载《作家》2024 年第 4 期）

我　们

◎四　四

堆积在房间里的黑暗梦幻般轻灵，

洁白的、乌黑的、多彩斑纹的羽毛自由飞舞。

而重压在我们心头的黑暗巨石般沉重——

我们既没有获得过荣誉，也不曾拥有过爱情。

真挚的、浓烈的、迸发着力量的诗句，

在旷野里，在深井中，在记忆之墙，呐喊，哭泣——

搅碎宁静的幽光一直在闪烁，而黑色裂缝逐渐弥合；

翻腾在我们心中的巨浪像死掉的白象变得平和。

一双沾满暗红污渍的大手试图蒙住我们的双眼，

我们的嘴巴经常言不由衷，双脚也被迫走上险恶之途。

有人说，爱情即将变为一种失传的艺术；

有人说，文明的尽头是地狱，或荒原。

我们在深夜触碰词语，不为缅怀，也不为反抗——

然而，它们是火药，是利刃，是劈开冰封大海的斧头……

（原载《山西文学》2024年第2期）

望 江 亭

◎宋前进

两个小时之前，我确定自己是一只麻雀

比整座山谷还要大。

榉树、松树、深红的藤蔓，进入秋天

分为主动的忧郁和被动的忧郁。

去年落在树下的果实，还没有泯灭于弱点

和松枝一起成为暗物质。

登高远眺，江水多么渺小。白云飘来飘去

凉风吹过亭子

黄桷树暂时改变，之后再度沉默。

我所有的美好时光，无非是在某个下午

远眺江水，为浪花所屈服。

而栈道上，唯有野草年年活着，像不死之人。

（原载《诗刊》2024 年第 2 期）

空　巢

◎孙殿英

在低矮的墙洞里
我发现了一只筑巢的黄蜂
和它一天天长大的蜂巢

黄蜂筑巢的时候
能清晰地看到它晃动着的毒刺
仿佛在警告我，不得靠近
它有能力捍卫它的城堡

有时候黄蜂出去找建材了
或是出去觅食了
我也不敢靠近它那个墙洞
我知道，它很快就回来
没有谁敢去招惹它的毒刺

可如今，几十天过去了
它一直没有回来

剩下了一个，没有完成的

不再长大的空巢

就那么空着，盛满破碎的风

（原载《诗刊》2024 年第 4 期）

千手观音

◎孙晓杰

晨光是母亲的第一双手

明亮，温暖，散发出惺忪而甜蜜的气息

更多的光束，仿佛从母亲忙碌的心中

喷薄而出：生火，做饭……

每一颗米粒都像是从母亲的指尖

滑落的珍珠

为围拢的一堆孩子：穿衣，梳头……

每一根篦齿也像是母亲慈爱的手指

种田：十只手犁地，播种，收割……

做工：十只手抽丝，纺纱，织布……

在早春的野地，挖紫根荠菜

四月摘榆钱，五月采槐花

在苦味的清香里：缝补，浆洗

一扇窗，明净着母亲风轻云淡的手

一片瓦，潮湿着母亲遮风挡雨的手

把一分钱掰成两半花

母亲生出一百只手

油灯下，母亲的手，昏黄而疲惫

一根针，是母亲纤细的手

连缀衣衫的线，是母亲绵软的手

而在深夜，母亲又伸出月光的手

为我们掖好被角，拭去眼角闪烁的泪痕……

儿女远走高飞了

又用牵挂的手，一字字，写万里家书

至终年，如我归来的那个冬日，一棵树

用颤抖的手，扫人间飞雪……

天下的母亲啊

都是千手观音

我的母亲，因为爱我

是一千零一只手的观音

（原载《青年作家》2024 年第 2 期）

形 体 课

◎唐　月

这个世上，只要有人还在

向大地鞠躬

我就不该心生绝望——

哪怕他只是弯下腰来

捡起地上的一截烟头、一片落叶

系紧十月松开的鞋带

像刚才站台上两位陌生人那样，只要有人

还在下意识地模仿

那些高贵的物种

我就该停下来等一等自己

远处的身影，等一等

还能相互认出的

灵魂。尽管

晚秋的天空如一口喑哑的暮钟

将万物笼罩，尽管

作为群羊中的一只，我已远离了

羊群

（原载《诗刊》2024 年第 3 期）

椅　子

◎田　禾

院子里的一把椅子

我每天要在上面坐一会儿

坐着喝茶、看书、打盹

没人坐的时候

上面坐着树叶、灰土、尘埃

有时坐着落日

有时坐着空

坐过一场偶然的大雪

风坐上去又被另一阵风吹走了

后来我送给了邻居的残疾老人

让一位老人一坐多年

老人无儿无女

老伴陪伴在他的左右

一把椅子让一位老人的后半生

有了近似于儿女的依靠

他每天坐在椅子上晒太阳

呼吸院子里的新鲜空气

两只胳膊，搭在两边的扶手上

有时放下靠背躺着闭目养神

我偶尔过来看他，他很高兴

老人楚剧唱得好

我站着，手搭着他后面的椅背

经常一听就是半天

可老人去年走了，他的体温

永远留在了椅子上面

从此椅子上坐着他的天堂

（原载《雨花》2024 年第 2 期）

蜜　獾

◎王彻之

眼睛通红，但是绝不像哭过，

却好像充满甜蜜和欢乐，

活在没有什么值得伤心的世界。

在我们的视线中，蜜獾轻快地翻动

穴居动物藏身的石块，像盗墓者

但脸上没有期待，仿佛知道

等待它的是什么。夜色中它欢快地

暴露猎物也暴露自身，不理会

洒落额头的月光，被石头扎破的嘴

露出两颗改锥似的小獠牙，

检查损坏的零件。它是快乐的修理工，

虽然什么问题都检查不出。

那种甜蜜感，就像在酷热的夏日

穿着白背心小口嚼甘蔗，

连苦胆也是甜的。它把所有问题据为己有，

然后就当问题没有存在过。

除非碰到母蜜獾，否则永远懒得吭声，

不渴望任何使它精疲力尽的东西。

浑身像铁铸的锄头，它的生命

仿佛就是用来犁开大地和雌性，

夏

把狮子和鬣狗，轻快地甩在身后。

我真羡慕，有时它就像深夜

从酒吧跑出来的小年轻那么快活，

而我不会再有了。它快活得

就像不知道自己犯过什么错。

它快活得好像不认识它自己，

即使是在河边喝水的时候。

它快活得就像一团世界上最快乐的黑色，

忘了命运全然由矛盾和混乱构成。

（原载《扬子江诗刊》2024 年第 3 期）

在夜幕笼罩下的兰州

◎王海国

此时，瓜州路上的车水马龙和皋兰山的点点灯火

并不能消除我的疲惫

当我驱车行驶在夜幕笼罩下的兰州

内心的愧疚便汹涌澎湃

仿佛日夜东流的黄河水

现在，我离它越来越远

过了晏家坪之后

真的就不忍心再去回望那灯火阑珊

不忍心再去回想父亲的那间病房

此刻，长长的兰海高速像一条扁担

一头挑着琐碎的生活和幼小的儿女

另一头挑着巨大的责任和亲人的痛苦

中间的部分，是我沉沉的悲伤

和无尽的愧疚

我趁着黎明前的夜色匆匆而来

又在夜幕中匆匆离开

兰州，兰州

凡是灯火通明处，都有风尘仆仆的夜归人

以及月光般流淌的悲伤

（原载《绿风》2024 年第 2 期）

田　野

◎王计兵

我不喜欢无风的田野

阳光明媚

所有的植物都无所事事

生长变得微不足道

庄稼的成熟也像是在虚度时光

我也不喜欢狂风暴雨中的田野

所有的生命都需要挣扎

那些辣椒苗、玉米秧

一次次跌倒又一次次爬起

还有被掀翻的塑料大棚

坐在泥水里的人

不哭也不喊，像两块石头

我喜欢和风款款的田野

当我从田埂走过

万物和我如此熟络

微笑也不加深岁月的皱纹

迎面遇到的乡亲

有人叫我乳名

有人给我尊称

（原载《人民文学》2024 年第 3 期）

墓　地

◎王万胜

在山东农村，人们把墓地修在田里

村民不会立碑，更不会写墓志铭

逝者生前种过的庄稼

便是对他一生最好的梗概

那些与泥土打了一辈子交道的人

与钢筋水泥鲜少谋面

唯有泥土，能获取他们的信任

能让他们睡得踏实

他们将继续守着自己的农田

监督自己的子女，不许他们偷懒

也监督自己的庄稼，要保持丰收的信念

我的父亲，总是担心他的庄稼遭窃

所以时不时披着夜色赶往田间

在地头驻扎守夜

旷野的天气多变，父亲身后的土丘

总能帮他赶走一些狂妄的风沙

如同为回家的孩子接风洗尘

是啊，我家的几位长者

已在那里定居多年

（原载《星星·诗歌原创》2024 年第 4 期）

山中月夜

◎王更登加

隐隐青山，仿佛

一句朦朦胧胧的情话。

幽幽磷火：你狐仙般美丽、善良的眼睛

暗噙忧思。

而一只松鼠童贞的窜动

勾引出久违的热泪

——怅然若失——它迅疾消匿在遍地闪闪发光的露水中间。

……就要被宁静熔化了

母性的天空：一轮清凉、鲜嫩的金铜亮月

照耀我，让我生尘。

（原载《星星·诗歌原创》2024 年第 3 期）

我时常想隐匿起来

◎微　紫

我时常想隐匿起来

在这个世界上，显形使我羞愧

隐身在那些飞过气流的鸟中

没有人知道我是哪一只

隐身在一片树丛中，不再使用人的语言

化身为一道水纹，归为无始无痕

以人的形象在这儿，时常显出我的欲望

喧嚣，企图——

我感到羞愧

好像我从一来到这个世界

就带来了满身羞愧

（原载《诗刊》2024 年第 3 期）

晚年旧书

◎韦庆龙

如果晚年能够如约而至

那真是一种圆满。我所热爱的万物

人，和弯曲的真理

对言语间夹杂的慈悲，报以欣然

我知道自己，怎样去活

怎么活都觉不够

就如现在，秋天兀自加深

院墙的爬山虎里，偶尔滴落

几枚金黄的鸟鸣

还有轻风，你感受到它的柔软了吧

翻过旧书的最后一页

我读它千百遍了，千百遍重构

故事的情节，仿佛

我真的修成了一个诗人

有无数浪漫的死法，又相继

活了过来。我坐在他们中间

在四季之外的季节

慢慢地，薄暮覆上草脊

——我寄存在人间的肉身，像

从未曾存在过

（原载《草堂》2024 年第 2 期）

山　居

◎文　夫

我从未捡到过闪闪发光的云朵

现在，它在峰峦的翠绿里

变换着姿势和形状

山里的雨来得急走得快

毫无章法。两只白鹭嘴里衔着枯枝

在山腰的一棵树上忙碌

它们搭窝建巢，欢叫着

说着我不懂的却让我喜悦的话

看溪水出山远去，一丝惆怅升起

惊扰了落在指尖的蜜蜂

还有静美的落叶

为此我向群山鞠躬表示歉意

松鼠在树枝间起落，一枚松果滚动着
进入了隐秘的树洞
——这些，都是我想要的

（原载"诗歌治愈系"微信公众号 2024-05-07）

日落之后

◎乌鸦丁

日落之后，我尚在旷野中观察
一列火车的运行轨迹。
它从无中来，又消失无中。
只有面对我的这一部分
是真实的。

天色逐渐变得暗黄
场景在转换之中。
有一刻，我仿佛也置身车厢之中。
一些我，已逝去；另一些我
跟随这列火车
分散在未来。我被无数的我
拆解，又重组……

火车穿过日落之后的旷野

它引起的震颤

是我留给这个世界的，也是留给你的。

（原载《诗刊》2024 年第 3 期）

两 棵 树

◎吴宛真

我将它视为知己——

山谷里的一棵野樱桃树

下乡三年，它听我说过许多话

那些午后，想起什么事

就穿过湿漉漉的油菜花地

一边跟沿途的坟墓道歉，一边

看它开花

它的身体已经有点老了

花还是干净的

在树下多站一会儿，它就能

下完自己的雪。

这人迹罕至的山谷，有时

感怀大于叙事。

我不说话的时候，整座山就只剩下

两棵树。

一棵认真地为瘠瘠群山

挂一身酸涩的果；

一棵试图为苍茫的人间

写一纸无用的诗

（原载《四川文学》2024年第4期）

在合川马门溪龙前

◎吴小虫

当人类站到食物链顶端，习惯性地

睥睨万物时

仰望星空只是种精神的仪式

它带来的震动，与星星的对视

只会让眼睛越来越清澈

而现在，在一只巨大的恐龙面前

仰望星空首先得仰望它

这多层次的景深画面

使我们仿佛置身童话之中

世界的神奇悄悄暴露给孩子的天真

荒野遍布着石头，石头会说话

用一种静止的画面传递时间的

丰饶与冷酷，仅仅是时间吗

仅仅是行星撞击地球或者洪水吗

这巨大的骨架，用钢条连接

要是心脏开始跳动

它一定会仰天长啸告诉我们关于

未来

（原载《当代人》2024 年第 4 期）

鱼籽村的彩色吸管

◎吴昕阳

小女孩看着空空的柜台

说她想要这里的彩色吸管

老板告诉她：这里没有彩色吸管

她的父亲不耐烦地抱起她说：

走吧，这里没有彩色吸管

从来就没有过

尽管小女孩想说——

上次来的时候她明明看见了呀……

年轻人点了一罐韩国青提汁

走到柜台前要拿彩色吸管

发现没有就默默回去了……

年轻人以前喝这种饮料不用吸管

直到和一位美丽的女人吃饭

才和她学会了这么喝

在她离开之后依然保持这个习惯

年轻人这时庆幸自己

还没有变成令人害怕的大人

因为自己还不会把不能再见到的她

当作从来没有存在过

（原载"诗午餐 Poemeal"微信公众号 2024-03-14）

在时间的天平上

◎吴玉垒

你说总有雪花开满枝头的一天

这一天，就是今天了

我看见一只乌鸦，扯开大旗

以划破天空的悲壮

吼了两声

你说总有水一滴滴汇聚起来

重整河山的一日。那一日

正是每一日啊。当我从五十个春秋里

醒来，所有的人都在传

新的一年是一头牛犊

穿越了死亡线

或许是明天，或许是今晚

我知道总会有一册经卷，打开

最初的空白，像乌鸦

终于看见了自己的黑

总会有一个梦，在白纸上

留下朝露或烟灰，如同……看啊看啊

那巨大的铲雪车碾过春天

一口气把落日推向了山巅

（原载"诗歌文学网"微信公众号 2024-03-26）

最后的居所

◎希　贤

复归者头顶永恒的太阳

身下是死亡陈列馆悠长的苏格兰风笛声

谁是最忠贞的妻子
谁是最虔诚的信徒
被赞颂、被诅咒……
墓碑上绘制裸身男女的图画
此刻不停生长

每一帧图景都在执行着死亡
每一个瞬间都偿还着自然

一个新鲜的灵魂躺入泥土
听见根系迸裂的声音

大地将比天空更为丰富
谁栖息此处
谁便是证明

（原载《诗潮》2024 年第 4 期）

灰　尘

◎向　隅

放在床下的旧箱子

新诗选

2024

已布满灰尘

灰尘透着箱子的底色

上面没有印痕

我感到灰尘是多么干净

箱子里一定盛着一些重要的东西

或者是一个秘密

秘密用灰尘来保守

是多么可信

没有谁

能把灰尘这么均匀地，撒在

箱子表面

（原载"天天诗历"微信公众号 2024-03-22）

雨　后

◎小　引

雨终于停了，爸爸

明月登场

雨后的邮局像栋新建筑

令人吃惊的过去

世界忽然变大了

分出了先后

我用粉笔在地上画个圈

燃烧的纸钱，被风吹散

灰烬上升

爸爸，你在天上眨眼了吗？

万物叮当作响

终将与你同步

雨参加了雨的葬礼

分开的乌云下

永恒的火星

还有墙角那簇新鲜的矢车菊

（原载《当代·诗歌》2024 年第 1 期）

拥　抱

◎小　猪

我还能爱。胸腔里，狮虎仍在

骨缝间的春水，以自身的柔韧

肆意流动。尖叫也在

我还能够拥抱。双臂越老，越有力量

我抱花朵，抱雨水，抱烈酒

抱日渐佝偻的身躯

老天的好脾气和坏脾气

我还要抱你。用水的形式抱你

你给我什么，我就拥抱什么

（原载"小猪的诗与摄"微信公众号 2024-02-01）

入 林 记

◎小雪人

林中是没有一张方桌供人

擦洗的。

雨水稀少时，那些高树上的阔叶会托起

雨水丰盛时，有林下蘑菇举着圆伞

那些草间的小昆虫，背上驮着阳光的蚂蚁

将其当作穹顶

雨水过后，阳光从草叶间一寸一寸

翻阅黑土地。

少年穿过林间，爬很高的山，去庙里

听老僧讲经。

少女坐在竹屋顶上，梳理长过膝盖的长发

让晚风吹干。

（原载《诗选刊》2024 年第 4 期）

逆 光

◎谢 虹

阳光从岩顶落下时
一头母鹿正将头探进灌木丛
松针泛着银光，虎耳草打开时间的通途
母鹿迎着光线
它保持着这个姿势，一动不动

山风摩挲着流水
逆光的母鹿打了个响鼻
另一只鹿优雅地绕过塔松
在母鹿边停下来
花草中的薄荷叶温暖而安静

一定有什么在衷心赞美

流动的光泽，粮草和果蔬，死亡和再生

（原载《诗刊》2024 年第 2 期）

公元六世纪

◎谢　君

只需要一场古典的秋雨，瘦骨嶙峋的木船就

很乐意地在水上行走了。通过一次次的划动，

一支木桨正将缺席的编年史——被驱逐者的

秘密，郁郁寡欢的嘀咕，掉在书信里的

眼泪——写入沉闷的波浪。千百年来如此，

现在也是如此。从建康到江陵，

旅程中的任何一段都是沮丧和不安，

而长江的格局依旧是 2000 里的波澜。

打探世俗事务的消息，只能徒增

无益的悲伤。长啸也无用，也没

一个幽灵跑来倾听。就像秋日的到来

注定了两岸紫红色的破碎、掉落，

凡是生命所宝贵的存在都在朝向一个

无奈的静止切换——女人的织机静了，

办公室人声静了，简牍与公章静了，

一个时代静了。当一只乌鸦从一棵

爬满伤疤的树上像从魔术师的帽子里

飞出，一声孤零的乌啼后，

二十岁到五十岁的人生突然也静了。

纠缠不清的是"哗啦"声。就像一个复仇者，

孤独也正通过融入波浪的尾迹

与船只同行。船舱内，一个身影在微黄的

灯火中升起，打开一瓶酒，然后

与无形的漂泊相对而坐。漂泊是一种

很不稳定的东西，它大多发生在人生

或者人类历史上一个很不稳定的时间。

（原载《诗刊》2024年第2期）

蝈蝈的音乐

◎徐书遐

蝈蝈叫得下午更静了，

金黄的麦田，挺着的麦穗、麦芒。

捉蝈蝈的少年弯腰

猛地捂住一只，

他手中，热浪颤动。

大地扩大，

庄稼淹没提蝈蝈笼的少年

蝈蝈的乐音在走，

他的心中扑棱一双翅膀。

南瓜花的蕊藏了夏天的蜜，

舌尖舔一下，

放进麦蝈蝈笼里。

蝈蝈从童年寂静的午后

叫到多年后。

（原载《草堂》2024 年第 4 卷）

铁 轨

◎徐雅琪

我的童年拴着野心勃勃的铁轨

煤炭、钢管、石油、老骨头

马匹，雕琢成木头桌上的摆件

下雨天，激出旧日子的香气

栈道上的将军，在电视剧里雄姿英发

汽笛，唤回早已飘远的红枸杞

住在铁轨边，火车就压在我们身上

夏夜的凉席托起小童的铁马冰河

割完麦子，果子也熟透了

身披麦茬的祖父扮演蓑翁

麦地是他的江湖，锄头是苦涩的孤舟

农人目送麦子登上火车

包括藏在泥土中的敏感、自卑

一辈子没坐过火车的祖母

习惯用铁轨的长度衡量她的骄傲

我乘坐的火车像割草机

收割祖母渐枯的皮肤、血肉

梦见，隧道的尽头有一把大功率手电

我想起

十岁以前在老房子玩手影

第一次在祖父背后看到海豚

（原载《星星·诗歌原创》2024 年第 3 期）

山 那 边

◎徐雅琪

住在乡下的时候，夜里八点前

村庄紧闭门窗。江对岸的大烟囱

雾化的塑料与皮革跨过江水

孩子在梦里挖掘黑眼睛深的煤矿

我总是一手抓着泥巴，看着对岸灯火

村庄黑下来，它们仍把夜晚戳了无数个小洞

江里的黑鱼，就跳进了父亲的梦

贫苦人们，脚下财富满当

麦子、玉米、高粱

拔节的骨头，在秋收的午后被送往山那边

未曾流进祖父空瘪的口袋

这里的雾霾，总让报春鸟迷路

今天我们都成了山那边的人

时常学着一匹失孤的草原马，眺望

山那边的村庄。新插的烟囱，埋葬

奔跑过的庄稼地、祖父包浆的烟斗

又或是一个出走已久的户口

（原载《星星·诗歌原创》2024 年第 3 期）

虚构一座山的孤独

◎玄　武

这个颓败的冬天

在我的想象中诞生，

放置日月和家门的心

放大了寒冷与肃杀。

还需要虚构落雪的温柔，

和撞击的裸树的坚硬。

需要吞没万众之梦的黑夜，

和一个男子悲伤后的衰老。

还需要虚构一座山的孤独，

和挪移在山顶的人的顽强。

需要那些茫然呼啸的风，

卷走往昔、脚印、所有时间。

天黑了又亮了的人世

永远错落有序，黑白相间。

我其实虚构了自己，

来怜悯瑟瑟发抖的荒草。

（原载《草堂》2024年第2期）

延时成像

◎雪 女

你想让我为你拍一张肖像

而你，却一直没有准备好
以哪一种面目将自己呈现

在你没有找到自己真实的脸孔前
我并不打算用镜头对准你
每个人都喜欢用一张肖像
证实自我的存在。独特的五官
或复杂的表情。作为拍摄者

直面或者侧视，我选取的角度
可能比你与环境构成的角度
更加荒诞离奇，匪夷所思
你甚至不知道我在哪里
将你与这个世界连在一起

我尝试压缩时间，不立即形成
而是在流逝的每一个定位中
找寻你不经意的眼神，微扬的嘴角
沉思或自嘲时的呆板戏谑
我知道最终无法打破的界限
就是你的隐藏
远多于你的表露

（原载《当代人》2024 年第 3 期）

纸 飞 机

◎闫宝贵

小时候，我用练习本封皮
折叠了一架深蓝的纸飞机
每天放学后我都训练它
如何识别方向，如何振翅飞翔

开始，它胆子很小
飞着飞着，不是落在鸡窝上
就是落在瓜架上
更多的时候是落在温暖的柴垛上

后来，它的胆子越来越大
敢往远处飞了
就飞进了我记忆的天空
几十年来，让我找呀找——

如果有一天它不小心
飞到了你的梦里，你一定要告诉我

我还会吹响清脆的口哨
把它招回掌心

它是我童年饲养的唯一一只飞鸟

（原载《诗庄稼》2024 年夏卷）

过　河

◎严　寒

山坡被开辟成梯田了

初夏时，下两天雨

就会发山洪

河水卷着卵石

轰隆隆向山口流去

我看到一个年轻的姑娘

剪着齐耳短发

手上提着的布包里

装着课本、教案、作业本

阳光从云缝中漏下来

先落在她的头发上

再落在她的衣袖上

她树叶一样漂过了河

我看着她

那个后来成为我母亲的人
向对岸的马槽小学走去
她要给三年级的四十三个学生
上第一堂语文课

（原载《江南诗》2024年第1期）

他生活里消失的

◎杨　键

首先是麦穗儿看不见了，
其次是家门口的河，
至少有七八条不见了，
最重要的是城乡结合处不见了，
他在那里的肮脏和混乱中发现了许多诗，
现在那里干干净净的什么都没有了。

他的生活里还消失了一个陈姓的大妈，
她每天凌晨三点一定起床念经，
365天，雷打不动，
她的父母都是书香门第，
她的美是有来历的，
可惜她的儿女们没有一个知道，
他们的妈妈为什么这样美？

此外，他的生活里还消失了几个苦力，

一个刘姓的苦力，

一个张姓的苦力，

一个王姓的苦力，

没有这几个苦力，

他的生活少了许多颜色。

（原载《边疆文学》2024 年第 3 期）

我的泪滴在空空如也的桌子上

◎杨　键

冬天，

她在水里躺着，

盖着被子，

在一间厕所里，

打着呼噜，

那呼噜很香甜，

她时而翻身，

只是没有睁开眼睛，

她睡得太好了，

连梦都没有，

如果有人请她在火里走一遭，

她也会欢喜前往，

她长得不好看，

没人能记住她，

她是我的一位舅妈，

生前从未上过桌子吃饭，

死后埋在她家的菜地里。

我的老表们都去城里打工了。

我从舅妈的门口经过，

我的泪滴在她家空空如也的桌子上。

（原载《边疆文学》2024 年第 3 期）

暮色来临⋯⋯

◎姚　彬

其实，我真的无法决定，谁将带走我

带走我的小欢乐，留下软弱的哀伤

如果可能的话：请把我的脑髓交给老虎

它喝也好，吸也罢

请把我的头骨交给狐狸

它踢也好，恨也罢

请把我的肋骨交给兔子

任它自由换取

请把我的大腿交给肥羊

替它奔赴火焰

请把手留给我

让它一把一把地把哀伤往外扔

那软弱的哀伤，总是橡皮一样

弹来跳去。我的手把一辈子往外扔

循环往复。只有手卑微地活着

（原载《红豆》2024 年第 4 期）

速度与感伤

◎叶燕兰

雨夜，奔驰在空旷的

返乡的高速公路上

"奔驰"……她想起村小二年级

曾用"火车"造了一个

只在睡梦中感受过的句子

——火车奔驰（ben chi）在铁轨上

引得一向寡言的父亲，家访时被

城里来的女老师夸赞得脸颊泛红

奔驰啊奔驰……雨天雨地如同幕布垂下

剧场转换。上一秒她刚

搭乘了那一趟永恒的

不知疲倦哐当哐当离开的老式火车

下一秒，她就扑倒在老屋床前

呆望着父亲渐渐发硬

继而变软的身体

像凝视安静的、不再发光的一截铁轨

曾无言地送她到想象中的远方

又让她，流着泪原路回返、找寻、确认

（原载《福建文学》2024 年第 3 期）

我 写 诗

◎夜　鱼

源于偶然听到一支曲子

讲的是月夜撒网，哦，那每个音符

都镀着银光，旋律里有一条

光斑如鳞闪烁的大河

如果，当年我是说如果

被奔波、劳顿折磨的我

能在夜晚变成一条鱼，在纸上做梦

在梦里潜游，该多好。起先就是这样

我开始用诗造梦，写出我想要而没有的

以此豢养、宣泄、释放

再后来越写越艰难，甚至痛苦

但又渐渐超脱，学会了

从稍纵即逝的时间之手里抢夺

并且稳住临渊的颤抖

我有我的道德律，不再为任何说教打动

在诗里，我发现了一个神秘世界

没有疆域所属的标注，既在世上又在世外

而我在诗里的孤独，就是最好的孤独

（原载《诗潮》2024 年第 2 期）

大　雪

◎夜　鱼

我说的不是晶莹剔透

不是凉凉的惊喜托在手上

不是纸上的抒情

不是夜归人

不是红泥壶，满室的暖意与交融

我说的是旷野，没有房舍灯火

微微的光亮只是雪的反射

鸿蒙中，枯而不死的枝干

是我唯一的故友

棉袍从头罩到脚，我是中性的

没有曲线但有轮廓

我是空无，空无也有轮廓

我是说我就是大雪，大雪就是我

旷野是我，枯枝是我

不断的飘落是我，肃杀与冷寂都是我

不需要扮演自己的我

将斑斓全都掷回原处

不用向我忏悔，我不原谅不救赎

我用傲慢修护自己的伤口

是的，没有爱，我拥有完整无缺的我

（原载《长江文艺》2024 年第 2 期）

雨

◎荫丽娟

一定从比天空更空的地方来

这断了线的悲伤，掉在

透明的人世

才成为雨——

一颗噙着一颗，一颗

成为更大的另一颗。

噙不住就一起往下掉，掉在

石头上，动不了

石头，却能让石头里开出湿淋淋的花

掉在睫毛上，我仍食色，长于感动。

最后在挡风玻璃上，雨

具体成，一道道悲伤的

过程。除非把车子开得更猛

才能看到雨

摔碎自己的样子，我已无我的样子。

这是眼前雨

那些久远的遭遇过的雨，如果非要

落下——

它们也只能回到，一个人

幽深的眼眶里……

（原载"爱上一首诗"微信公众号 2024-04-19）

吹　拂

◎影　白

房前屋后几株花落

叶绿的核桃树间

鸟鸣声东击西的技艺

日臻完美。我和母亲

坐在小舅后院屋檐下的

阴凉处，闲看微风吹拂

趴在院墙上的一蓬

翠竹。这阳光普照的

暮春午后

外婆应该扛着锄头

从田畴穿过一片鹅黄色的

油菜花地归来，而外公

则是给牛颈架上轭

套上空车，正准备去城里

一趟。多好啊，这历历

在目、时空交错的瞬间

我们一起赶着牛车；一起

肩扛锄头走着；一起

安静地坐在屋檐下的阴凉处

享用着，这如幻似真的恬淡

（原载《当代·诗歌》2024年第1期）

只有大海不会蒙尘

◎尤克利

我们在波涛起伏的海边

说起自己的出身地，日夜流逝的沂河水

荒芜的田园更加荒芜

许多事物蒙上了一层厚厚的灰尘

那个少年的我，在时间里一再退缩

我们来到海的跟前，却不敢发出誓言

那日夜追逐的

道路尽头的宽阔，让两粒怀揣梦想的河沙

轻轻地藏起了自己

（原载《红豆》2024 年第 4 期）

跟着外祖母

◎于 坚

在现实的瓦罐中藏好皮肉和

年龄　白色的老师在追随老虎

褐色的校长朝着冰块挥手

假期也意志坚定　从不思考

只管前进　牛群戴着面具涌过了

广场　任由自己的蹄子随波逐流

我听见他们齐步走掉　死于假嗓子

那个秋天世界上只剩下外祖母

灰衫独自飘扬　古代的小脚妇人

不识字　赤裸着白内障 戴着玉镯头

我的不老的阴影　我的岩石圣母

我母亲（连她也弃我而去）的母亲

我的歌谣和故事　领着我逆流转身

回到厨房　那时我的手还小　时代

后面　一只水缸漂着黑月亮　一排

桉树在白云下唱歌　一只乌鸦

站在云端　童年寂寞　生活热烈

我从不向往将来　矢志不渝

跟着外祖母　朝着孤独的落日

一老一小　我们走得很慢

（原载《花城》2024 年第 3 期）

运　送

◎余冰燕

现在，他要把父亲，

送到郊外的新住所。

一路上，他都小心翼翼，

将所有的声音扼杀在喉咙里。

下了车，他的双脚几乎同时坠向地面，

仿佛被什么东西催促着、呼唤着、牵引着。

放下骨灰盒的时候，他的双手在碑前，

不停颤抖。他一直在努力回想：

父亲，是怎么变轻的？

是怎么从 148 斤瘦到 70 斤，

再到现在的 3.5 斤，

再到最后的 21 克？

这重量——

如今已被他长久地种植在地上。

父亲走了，他才猛然想起：

活着的父亲，从未这样被他深深抱过。

（原载《草原》2024 年第 2 期）

人间的药

◎余述平

山里的每一个植物

都是人间的药

鸡屎藤、羊蹄草、木樨、地锦、木槿

乌蔹梅、贯众、鹅掌草、蜡莲绣球、枫香树

赤飑、插田泡

冷水花、天名精、多须公、金钱草、峨参

亚欧唐松草、白面苎麻

红雉凤仙花像一串挂着的风铃

轮钟草、牛膝

荚果蕨、栝楼、接骨草

华蟹甲、紫荆、川莓、木莓、顶芽狗脊

醉鱼草、玉簪、盐麸木

你有什么病

都可以在山里找到药方

它们在一个旮旯里

隐藏着大视野

这些山乡的游医

风雨无阻接诊

也有一些植物看似没有功能

但它们专治

色盲、干渴、荒凉、孤独和冷漠——

（原载《三峡文学》2024 年第 2 期）

原谅我吧，祖父

◎余笑忠

祖父年迈体衰之时

有一回，在场院端坐

边晒太阳，边看守晾晒的稻谷

稻谷盛在晒筐里

篾制的大晒筐架在高凳上

忽而狂风大作，晒筐全都翻倒在地

眼看着珍贵的粮食被糟蹋

哪怕蒙受损失的只是一部分

我的祖父禁不住失声痛哭

那痛哭里，有暮年身不由己的屈辱

某日夜读张岱所述：

"昔有西陵脚夫

为人担酒，失足破其瓮。

念无以偿，痴坐伫想曰：

'得是梦便好！'"①

想起曾有一日痛哭流涕的老祖父

早已被无尽长梦收留

我便笑了起来

（原载《诗刊》2024 年第 2 期）

如 释

◎宇　轩

盆栽植物因过多浇水而死于照料

房梁塌陷因为榫卯也有疲惫时

河流会干涸会溃堤

---

① 张岱《陶庵梦忆·序》。

因为我们欠大自然一个忏悔

石头变成佛

因为人心在郁结

语言在求真

而身体和心灵需要度化

薇依三十四岁即死于饥饿与结核病

薇依说惟有徒然地焦灼、等待和张望

二十一世纪了，时间依旧在我们掌心白白流淌

语言令我们蒙羞

于这首诗即将完成之际

记起老母亲于病中

曾示我一张婴儿脸

我们只有回家这一条路可走

（原载"诗探索"微信公众号 2024-04-01）

遗忘和送别

◎宇　轩

月光散发出一种异味

类似于牛粪掩映在落叶之下

乡下的日子宁静如墨水在瓶

这宁静

也似母亲生前喜欢别在纽扣上的栀子花

总之我活过的这些年
足够我在句子里偏远和孤僻
除了动用免费的月光和星子来填充语言里的沟壑
我别无他法

妈妈，这一年谷仓丰收了
这些粮食，足够我们吃掉一些
家畜吃掉一些
剩下的交给虫蚁、老鼠和麻雀
我们只有回家这一条路可走

（原载"诗探索"微信公众号 2024-04-01）

家 园

——过洪泽湖湿地

◎育　邦

白鹭展翅，
拨开世间的尘埃，
在河荡间低飞。
黄昏时分，水泽间的隐士，
沉默地分割白昼与黑夜。

粉色荷花瓣，哪吒的肢体，

死亡与重生——

相互转换的美学。

散落在绿色莲叶上，

这是大自然写下的箴言。

苇莺，不倦的乡间歌手。

在它单调的歌声中，

童年向我走来——

明晃晃的正午，

少年正在捕捉它。

在通往湖边的小路上，

我捡起一枝莲蓬——

时光雕刻的礼物，

只有拇指大小。

乘月华，它跟我来到家里。

带着荒野的忧郁，

独立于蓝色瓷瓶中。

（原载《人民文学》2024 年第 2 期）

挑荠菜

◎育　邦

初冬，大地尽头，

为薄雾笼罩。

她们身着白色的衣裳，

在枯草间跳舞。

可跳不出——

妈妈的指缝。

她们是你的行星，妈妈。

她们是你飞来飞去的女儿。

妈妈挎着竹篮子，

沿坡地走上来。

到尘埃落不到的地方，

掏出双手。

白霜化为云朵。

农人的手真温暖啊！

我和弟弟，

认不出荠菜。

我们打闹、嬉笑。

学妈妈，去爱她们。

夕阳西下，我们

有点忧伤。

坚硬的大地上，

妈妈的影子，一点点

暗淡下去。

下雪前，我们

会认出荠菜。

可这么快就下雪了，

妈妈。我们

依旧两手空空。

（原载《人民文学》2024 年第 2 期）

给孩子们

◎扎西尼玛

作为父亲，我必须告诉你们

我又挪窝了。这次挪得不远

从院里搬到路边，只几步路

没有什么家具，除了半组沙发

一张茶几，必须的卧具

就是一堆书和杂志。里面有我喜爱的

诗人和作家的作品

一些人类学著作

我一直喜欢里面的院子

这个时候热闹得一塌糊涂

高原柳在屋顶摇摆，你们可以想象它的枝叶

像宽大的衣袍，朴素而洒脱

花和草仿佛久别重逢的兄妹

亲密而热烈

我多么希望，当我提起艾草、蒲公英、酥油花、牵牛花这些名字

它们就来到你们的生活中

我这次挪窝只用了两个钟头

我把床头靠向土墙，要不是顶棚遮挡

可以看见星空，漂泊的云彩

住进去的那晚，我听见

风吹过屋顶，在黑暗中膨开白色的羽毛

记得有空的时候给我打电话

可以过来翻翻书，我带你们去爬白鸡寺

山脚有一处土墙废墟

我曾经无数次地被它迷惑，莫名感动

每当想到这些

（原载"特提斯卷宗"微信公众号 2024-03-19）

我们会不会在躲藏的世界里再次遇见

——写给妹妹

◎张　丹

孩子们为什么喜欢捉迷藏？

无论两岁、三岁，乃至于七岁、十岁，

依然喜欢躲藏和寻找。他们偏爱藏起来，

胜过去寻找。他们可以一小时躲在窗帘后面，

躲在大树下面，不动不响，仿佛从世界中消失，

且激动于自己的消失。在寻找时，他们又很快

就放弃，以至于遗忘了。直到那些躲起来的孩子

自己走出来。在大人的呼唤下，各自回家。

其实我们长大了还是热爱躲藏。

很有可能，是我们从前就不在世上，

不久又要从时空中真的消失。躲藏，是一种练习。

又有可能，我希望你要用力才找得到我，

因而把自己隐藏得很好。忘了游戏的真谛，

是留下蛛丝马迹。而所有人都忘了。

我等啊等，我走出来，发现你也藏起来了，

要我去找。没有留下任何线索。天快黑了，

高楼里有星星点点的灯火，黑暗一望无际，

暗影重重，到处都是藏身之所。

可是，空无一人。没有人找到另一个人。

我们就是这样热爱躲藏胜过了寻找。

我们会不会在躲藏的世界里再次遇见？

（原载《星星·诗歌原创》2024 年第 3 期）

割芦苇的下午

◎张　毅

斑鸠在草地里低声鸣叫。它们的喉音
更像一架木琴，低缓、深情
它们在湿地上空叫着，声音此起彼伏

芦苇是一截月光，带着乡愁颜色
夏天芦苇繁盛，在河滩形成连片的
芦苇群落。芦苇在风中波动着
仿佛从遥远的时间深处涌来

我跟着父亲在河滩上割芦苇
芦苇在镰刀下一片片倒伏着
不知为什么，斑鸠的叫声让我走神
我放下手里的镰刀，朝远处望去
河滩上除去芦苇，什么也没有

割芦苇。父亲在前面吼我

我伸出镰刀，听到一阵微弱的声音

一只小斑鸠缩在窝里，另一只

已在我的镰刀下死去

我扔下镰刀，从芦苇丛里跑了出来

离开故乡已多年。每次听到斑鸠的

叫声，都会想起那个割芦苇的下午

（原载《山东文学》2024 年第 2 期）

晒　暖

◎张抱岩

我能和这位老妇人一样

安闲坐在冬青树下，就好了

我能有她一半的安静，就好了

面前有一条四季流淌的河

但她总是不抬头看它

下午又来几个人

轮流坐在冬青树下

树影和人影随人体偏斜

但这并阻挡不了什么

他们坐在别人坐过的地方

沉默着不动，好像那拨人临走时

遗留的影子

我要有冬青树一半的安静，就好了

他们身旁是一片废弃的工地

路口，前几日停留过灵棚

一个女人在那里哭过

现在，那里空无一人

（原载"沙颍河诗谭"微信公众号 2024-02-28）

长 恨 歌

◎张光杰

如果足够遥远，你会发现

太阳不过是石头摩擦出的火花

我怀疑，星空

是一块不断被敲击的石块

人类深居其中而不自知

当流星雨划过头顶，人们开始

尝试飞天，但至今没有人

逃到天外。我是一个先天性

忧天的人

想到壮丽的一日，不过是神

敲出的燧火，不禁

怆然涕下；想到劳碌的一生

将困顿于一块巨石，又不免一夜

白头，像一个画地为牢的大悲者

（原载《莽原》2024 年第 1 期）

雄 牛

◎张洪波

雄牛绝望地吼了两声长调

为被割除的一对睾丸

放喉痛哭

血浆浓重

一滴滴点穿了悲壮夕阳

黄昏挣扎

……

人们灵巧地躲开去

他们还不敢相信它已被驯服

他们看见它的泪水在眼睛里

并未轻易流出

那是一头真正的

雄牛

午夜

远远的牛栏里

又传来一声声放嚎

我猜想一定是它

只有它的声音

才能够震颤这夜

使之难眠

明天

它还会顽强地

在鲜血润过的土地上

阔步走来吗？

（原载"猛犸象诗刊"微信公众号 2024-02-02）

葛家湾的山泉水消失了

◎张远伦

我将同步，在记忆中关闭两个泉眼

扩大中年的心胸

堵塞未来时光的出口

在里面自建成一个内湖，我恍惚中

很快成为奔突激荡的连通器

像是在灵魂里收养了

一条巨大的河流，终日不知倦怠

在骨头与骨头之间的缝隙里

找到通过的河床

可你们看到的我，依然是那个

跪在干枯的水井边沿的少年

葫芦瓢里空空如也，却一次次

重复着舀水的动作

像是一个皈依的乞丐，坚信

能向消失的故乡讨要到什么

（原载《诗刊》2024 年第 2 期）

泉　水

◎震　杏

秋夜如倾斜的平面，几颗星在深青色中

滑动。我想起有一年旅行

母亲爬到山顶寺庙，花两元钱买了瓶水

将水倒掉，灌回能治病的神奇泉水

昏暗旅馆内，母亲缓慢拧开瓶盖，与我

小口吞咽着寒冽的清泉：

一种空山枯叶之味

像两只嗫嚅的动物。奇异而碎凉的感觉

如冰沫穿过喉咙，在腹部盘结

室内阒寂，阳光插入阴影

像一只手揣在兜里

（原载《诗刊》2024 年第 4 期）

轮　椅

◎震　杳

曾无数次在脑海中幻想与它的相见

但都不及此刻尴尬

它到来，闯入生活

我以为我还能行走，但沉重的摔倒

让我无话可说

像一道来自上天的指令

它在房间里与我展开对峙

蓝色的编织坐垫，仿皮扶手，发亮的轮毂……

它完备、简洁，冰冷且坚定

人终将坠向痛苦

坠向他们逃避的事物，认清自己

我坐上它，一具量身打制的囚笼

在十八岁时将我捕捉。它载我在房间移动

一只平稳又缓慢的龟

我知道我不能没有它了，像曾经的对手

忘记仇怨，缓慢且艰难地建立起信任

（原载《诗刊》2024 年第 4 期）

光　源

◎郑小琼

长江边，破壁而出的赤猱跳跃、尖叫

敏捷的光划过中国南方暮秋的星空

孤独的白羊座倾伏在蓝色的货柜车

高迥的光切开二元晶片

它迷乱的速度投影在硅晶片上

一片静止的时间潜伏在光的腹部

断裂，集束，折射……

定量的光子潜入我的身体

"光锥之内皆是命运"

潮水样起伏永远浩渺的清澈与寂寞啊

它们无声地叠加、重合

静止在我身体的容器里

用精准的刻度标注好我的生死

草木的春秋，星空的运转

大块的黑暗突然崩溃下来

夜晚像软体动物样悬浮、摇晃

我迷恋于光锥之外的虚无

在孕育万物的混沌中

博大的孤独以超过光的速度扩散

窗外，低飞的小鸟振翅

晨光突然涌现照亮工厂的玻璃

夜班的我再次被光定型在暮秋的早晨

（原载《诗刊》2024 年第 3 期）

丁酉七月十五

◎芷　妍

月光睡进阳台，像丝绸睡在水里

秋凉从四周缓慢坠落成汪洋

那些矮小的虫鸣声

似寻找针孔的丝线不停地分辨触碰

夜的广阔总大于多年前羞涩的眼神

忽想起春天走过的田野

那些曾经开满花的桃枝应该也在月光里

路过的风也在

矮小的篱笆和墓碑也在

石头上的青苔也在

树影浓密似故人

（原载"诗探索"微信公众号 2024-02-28）

如果你不再爱我

◎芷　妍

燕山站在秋天的左边

银杏树落下白果

白发老人拿着布袋捡拾，脚步缓慢

弄皱了时间和呼吸

如果你不再爱我

我还会在午后三点多坐在阳光里

看着窗外这一切

椅子上空无一人，影子折叠在上面

槐树与屋檐制作细小的风声

我喝茶或者咖啡，钢琴上有灰尘，琴谱黑白

练习肖邦的《革命》

有好友来访，把残茶泼掉，重新放入金骏眉

无事闲聊，一起在园子里散步

看看山楂树、苹果树

落叶已淹没半个鞋子

暮色将近，远山轻浮

深秋也是个孩子

我在园子里挑拣野菜

（原载"诗探索"微信公众号 2024-02-28）

永恒与一日

◎周　鱼

当它第一次

从我体内最深处淌出，红色的

汁液，我怯生生地第一个告诉的人

是你，你，一个女人，一个母亲。

你在那时对我传达祝福：

"祝贺你，你长大了。"

很长时间里我并不清楚这猩红的，

循环的，在一些人眼中

是不洁的，甚至是愚蠢的证明的物质，

这每个月都会给许多女人带来疼痛的

潮汐，它究竟为何会

被称为一个美好的礼物呢？

我想你有时并非不憎恨它，像你

如今所表现的那样，诅咒

糟糕的日子，诅咒你自己和我，预言

我要步你后程。但你也许记得

那一天，你脸上溢出的微笑，

我们的脸一起潮红，我们拥有怎样相似的

耻辱，就也拥有怎样一致的

被祝福。你曾经注视过它，

自信而不含偏见。并在那时

希望你的女儿也看见。那天一首曲子

无声地环绕我们的属性，它汩汩地

流淌，从最深处，

也是最中心的地方，我现在知道

它赋予了女人以唇、以乳，

以器皿，它赋予了夜晚最深的花茎

与黎明的玫红。它赋予了

女人以山谷，以雀，以风，以

一处源泉，一封信，一封可能被写坏，

很可能被写坏，却永恒的信件的

第一行。圣洁的

第一行。

（原载《江南诗》2024 年第 2 期）

镰　刀

◎周启垠

那锯齿细密的镰刀在我的手上

具体地说，在我的右手上
更具体一点，在我右手大拇指上
再缩小，在我手指大拇指前侧肉厚部分
划过一个月牙形的弧

再小点角度，回到时间
那是我很小的时候
在刈麦子的田野里
直接落刈在我的心尖上
至今，是不肯消失的痕

或者换个说法，那锯齿细密的镰刀
在秋天之上，不，在童年之上
不，在我锥心的疼痛里

现在，那细密的锯齿
一直穿过我的日子
偶尔给我带来致命的颤栗

（原载《边疆文学》2024 年第 3 期）

邮车准时开来

◎周瑟瑟

等待的人已经失去了耐心

等待的人已经不在

邮车准时开来

朝霞升起的时候

车轮压过露水

沿着黑夜的道路缓慢开来

绿色的车身

清新醒目的字体

从车里跳下一个时间的信使

等待的人已经不在

时间的信使已经白发苍苍

（原载《诗刊》2024 年第 4 期）

浅 抒 情

◎周所同

万亩荷塘一水牵 / 韩家荡里何田田

老朽懒见藤缠树 / 不爱金银只爱莲

我把玻璃一样绿的叶子喜欢过了

把胭脂红的花朵喜欢过了

把若有若无的香气虚幻地喜欢过了

我把七月韩家荡的万亩莲荷

——喜欢过了。我的爱本来无多

用完就该空空荡荡走了

别在莲朵上那只蜻蜓多像精美的
发卡！用微信传给女儿
我总也长不大的女儿也喜欢过了

（原载"湾区诗歌"微信公众号 2024-03-10）

这一刻我看见……

◎朱庆和

傍晚总在不远处徘徊
孩子们还在田埂上奔跑
矫捷的小动物已经出动了
谁也不介意，大家都是朋友

当背景变得模糊起来
劳作的人们渐渐被黑暗收容
几块更浓的黑暗在田间移动
熟悉的夜晚就是自家的门口
但你们的喜悦仅留在门槛以外

希望和荣耀
仍然是家族中最古老的成员
如果你们忠实于善良
你们就仅仅属于你们的善良

死去的亲人并没有走远

而是和夜晚待在一起

就像落在地面上的果实

悄然返回到枝头

相爱的人们，你们可曾看见

（原载"重返湖心岛"微信公众号 2024-03-17）

蔚　蓝

◎祝立根

天空太高、太远，大海

在传说中荡漾。我们躬身在蔚蓝的反面

依旧相信：铁杵能磨出针，只要

埋头磨，顽石能磨出蔚蓝的翡翠

我们磨呀磨，唱着祈祷的歌

磨呀磨，磨得两鬓花白

一脸灰烬，在生活和梦想的加工厂，一代人

即将损耗殆尽，石粉还是把眼泪呛出来了，嗯

一小滴蔚蓝，一小粒廉价又稀有的纪念品

献给石头，献给小声的哼唱

献给我们的相信。

（原载《长江文艺》2024 年第 4 期）

戒　指

◎祝立根

肉身是铁，要铸成犁

也要打一把剑

还要偷偷留存一点铁心，打一枚戒指

这人世，最是销骨噬魂

百年后我们消散成灰

但除了不停地劳作，贴身的抵抗

你不能说我们什么都不曾拥有过

（原载《长江文艺》2024 年第 4 期）

画　皮

◎紫蝶丫头

描眉，扑粉，涂口红

镜中一幅精致的画完美地呈现

我对自己的作品点头。出门

清晨的一场争执

窗外凌乱的鸟鸣，桃花

还有脸颊上的褐色痘斑

都被镜子吞纳进去

它们不会被吐出来

在夜晚来临之前

但我深知

没有人能长久地生活在画里

聊斋里藏在画中的女鬼也不能

（原载《诗潮》2024 年第 4 期）

谈到秋天

◎宗小白

谈到秋天，我们像熟练的林木工人。

在由无数昨日构成的丛林里，我们倚靠在

欢乐与痛苦，这两株不断落下枯叶的橡树下休憩。

我们的脚踝不时触碰接骨木红色的浆果，以使它们

像爱过之后仍在颤抖的心灵。

细雨停了，有人将天空刷上了钴蓝色油漆。时间还未完全

幻化成云朵。像一种还未被充分

理想化的生活。至于被我们一再

重提的往事，它永远需要线织手套上沾着新鲜

而潮湿的木屑。

需要你递过来的粗陶杯边沿，有个缺口。

需要我们将这种不完美

看作是完美的一部分

（原载《诗刊》2024 年第 2 期）

听　声

◎左　右

有一个声音

我一直在倾听

它遗失在一封邮至远方的信中

或在一本从未打开的书里

春风也做出倾听的姿态

灰烬的形状，是我自卑的形状

闪烁的火焰，是我执着的火焰

列车呼啸而过，站台很静。铁轨是火车的读者

它敞开手掌，迎接火车幸福的颤栗

一阵阵剧痛

碾压着我和一株野菊痉挛的耳朵

（原载《诗林》2024 年第 3 期）